U0045782
讓笨蛋登上舞台吧！3
為美好的世界獻上祝福！EXTRA
為心懷美夢的公主獻上星空
Kadokawa Fantastic Novels

讓笨蛋登上舞台吧！3

為心懷美夢的公主獻上星空

CONTENTS

讓笨蛋登上舞台吧！3
為美好的世界獻上祝福！EXTRA
為心懷美夢的公主獻上星空
author
昼熊
illustration
憂姫はぐれ
原作 暁 なつめ
角色原案 三嶋くろね
Kadokawa Fantastic Novels

Character
琳恩
職業 魔法師
達斯特的隊友。同時也被大家當作老是引發麻煩事件的達斯特的監護人。
達斯特
職業 戰士
在阿克塞爾似乎是個小有名氣的冒險者。有著奇妙的傳聞，但沒人知道真相為何。
芸芸
職業 大法師
雖然是個能力貨真價實的魔法師，不過基本上都是單獨行動。
蘿莉夢魔
職業 店員
為男性冒險者們提供極品美夢的夢魔店店員。個性非常容易隨波逐流。
阿克婭
職業
大祭司
達克妮絲
職業
十字騎士
惠惠
職業
大法師

序章

「等、等一下啦，克萊兒，就說這樣很癢了。」

「我們都是女生啊。別、別害羞了，呼……呼……快、快一點。」

一名少女扭著身子笑個不停，另一名女子則喘著粗氣朝她逼近。

兩位都是金髮碧眼，一眼就能看出她們的貴族身分。

雖然我最近才跟她們有點交情，但我真的很不會應付這種人。

因為達克妮絲是那副德性，所以我還能勉強接受，但老實說，我還是盡可能不想跟王公貴族扯上關係。

不過現在例外啦。

就算心懷這股堅持，我依舊緊盯著眼前這副光景。

我可以大膽斷言，世界上任何一個男人都不會錯過眼前這個年輕女孩們互相寬衣解帶，扯得難分難捨的美景！

抓住少女的衣服，打算將其強硬扯下的女子——克萊兒，以及笑著拚命抵抗的半裸少女——愛麗絲。

雖然我應該沒有這種嗜好，但這一味似乎也不賴呢。下次再請蘿莉夢魔幫我編個這種夢境好了。

她們正在做的事情，如果只看單方面的話，根本就是犯罪了。但這其實只是女孩們在更衣室嬉鬧而已，完全沒有法律上的疑慮。

……如果是在毫不知情的狀態下看到這個畫面，應該會有人報警就是了。

「就說了我可以自己脫嘛！請妳不要一直盯著我看。」

「這、這樣啊。那我也脫吧！這樣就無所謂了吧！」

少女總算擺脫了被人脫到衣衫不整的窘境，而那名危險的女子被她這麼一催，就在我面前以驚人的氣勢開始脫起衣物。

雖然克萊兒的言行舉止教人卻步，但她的外型滿亮眼的。

當她脫下白套裝的外套時，就能看出比想像中更加傲人的曲線，將上衣高高撐起。

我目不轉睛地欣賞這一幕，但她毫不介意，直接連長褲也脫下，全身只剩一套內衣褲。

雖然我只看過她身著白套裝的男裝打扮，但她挺有料的嘛。

愛麗絲一邊留意死盯著她看的克萊兒，同時將內衣也褪下了。

白皙的肌膚宛如毫無瑕疵的瓷器一般。雖然現在還太年輕了，但未來似乎前途無量。

「來吧，如今阻礙我倆的衣物已經消失無蹤了，我們就裸裎相對吧！」

「這眼神還真可怕……妳還在做什麼？穿著衣服就不能跟我們一起泡澡嘍。」

看到我自始至終都穿著衣服的模樣，少女連忙催促我脫下衣服。

與其在意我沒脫衣服，單獨跟那個女人一起洗澡應該更恐怖吧。

「知道……我明白了。」

現階段我再不脫衣服的話，會讓她們產生疑心，因此我斟酌用字遣詞，慎重地以恭敬的語氣回話。

褪下這身穿不習慣的衣物時，我的視線一刻也沒有離開過全裸纏在一起的兩人。

第一章

和安樂少女進行交涉

1

閒來沒事，口袋又空空的，我就到巴尼爾老大的店裡玩，他不發一語地讓我進去了。畢竟我也沒有軟弱到會被他這種態度嚇到，於是我在窗邊的椅子上坐了下來。此時美女老闆也端著茶和甜點過來了。

姑且說一下，巴尼爾老大並不是這間魔道具店的老闆，只是個打工仔。這一位似乎才是老闆。

既美麗又溫柔婉約的前冒險者，也是這座城鎮中會用爆裂魔法的魔法師當中正常的那個——維茲。

「歡迎光臨，達斯特先生。」

「嗨，我來打擾嘍。」

「既然是來打擾就快點滾回去，汝這個借錢維生的男人！為了準時向房東繳納房租，吾可是拚了老命。浪費才能的瘋子老闆啊，無須端茶跟甜點給這種不是來光顧的傢伙。」

他今天心情很差呢。

總覺得老大愁眉苦臉地盯著我瞧。但他臉上有面具擋著，我也分辨不出他現在的表情就是了。

「老大，你很過分耶，我好歹也算是客人啊。等我哪天在路上撿到一大筆錢，就打算來這邊採買一番耶，你就拭目以待吧。真要說的話，都怪我的錢包空空如也啦。我明明這麼愛錢，錢卻不愛我。」

「錢根本不會考慮去愛汝這種傢伙吧。」

「巴尼爾先生，不可以對客人說這種話喔。請你就在這裡好好放鬆一下吧。」

在這個城鎮中十分罕見的正常人維茲，露出了溫柔的微笑。

她果然是個大美人。我一直想不透她的性格和臉蛋都如此超群，怎麼還是單身呢？

在冒險者當中，甚至有幾個人是維茲的粉絲。

自從巴尼爾老大在這裡工作之後，也有人懷疑他們之間關係匪淺，但從平時的言談交流來看……實在不太可能。

「老大，有沒有輕輕鬆鬆就能賺到閒錢的方法啊？」

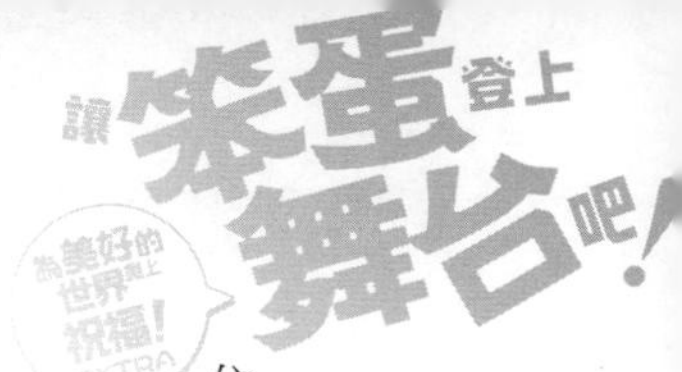

「只要闖進銀行就會有好事發生。這樣一大筆錢就能輕鬆入袋，汝就嘗試看看吧。」

「要是因為這樣被逮捕可笑不出來耶！我會一輩子被困在牢裡……不，等等，這種包吃包住的生活好像也不錯。」

手邊沒錢的時候，監獄就像個簡易住所呢。

能確保三餐，還有床可以睡，所以這個方法還算可行？但這樣就不能光顧夢魔店了。

「雖然很遺憾，但我拒絕採用這個方法。」

「別認真地煩惱這種事啊。去公會接委託，老實地工作，才是冒險者該有的樣子吧。」

「天啊～～老大，你不懂啦。辛苦賺錢這種事誰都做得來啊。我是想用點腦袋，輕輕鬆鬆撈一筆啦。不覺得睡覺的時候也能賺到錢才是最棒的嗎？」

在女人的包圍下，喝完酒倒頭就睡的生活更是一絕。

要達成這個野心就需要錢。但我又不想付出勞力。

「要是真有這種方法，吾早就先做了。這個嫁不出去的廢物老闆之前又進了一批沒用的魔道具，吾還在苦惱要怎麼還債啊……」

「那、那些商品一定會增值喔！商人也說過了一百年之後，售價就會翻漲百倍啊！」

雖然她淚眼汪汪地控訴自己的清白，但行不通吧。這也難怪老大會生氣了。

「等一百年這種事就算退一百步來說……是也沒差啦。」

「居然沒差喔……」

老大將手抵上額頭，嘆著氣如此嘀咕道。

他居然沒動怒啊，真讓人意外。他好像是大惡魔，區區一百年或許不是什麼大問題吧。

「不過，這個魔道具的保質期限是幾年？」

「十年……」

被老大狠狠一瞪後，維茲縮起了身子。

「汝記不記得之前也買過類似的東西呢？汝的腦袋裡到底裝了什麼啊？把頭交出來！吾要把汝的腦袋取出來好好洗乾淨！反正也是空殼一個啦！」

「才、才沒有這回事！是說，你剛剛是不是說我嫁不出去！」

「反應這麼遲鈍，是不是老化的現象啊？據說人類的腦袋會因為戀愛而活性化，但看汝這般衰退的模樣……」

「就算是巴尼爾先生，我也不准你繼續說下去了！」

維茲難得發了脾氣，而老大似乎也積怨已久，絲毫不肯退讓。

大惡魔和前冒險者大魔法師的爭執啊，要是無端被捲入可不是鬧著玩的。

當下的氣氛變得一觸即發，於是我一聲不響地準備離開魔道具店。

「等一下。汝剛剛提到錢，讓吾想到了一個賺錢的方法。」

老大把還在氣頭上的維茲丟著不管，出言留住了我。

老大跟老闆不一樣，對賺錢一事似乎有兩把刷子，所以他的說法值得一聽。

「哦，真的嗎？快告訴我吧。依照回饋和犯罪的輕重程度，我們得好好談一談。要是得吃上一星期的牢飯，你要賞我一點獎金才行喔。」

「汝果然上鉤啦。放心吧，這不是犯罪行為。吾和那個問題兒童監護人的小鬼談到新產品的時候，忽然想到了一個好點子。」

監護人是指和真吧。

聽說他最近和巴尼爾老大一起做生意，賺到手軟。如此一來，感覺可以期待一下巴尼爾老大的賺錢方法了。

「雖然吾沒有這個煩惱，但據說人類女孩極度害怕肥胖，動不動就在減肥是吧？」

「是啊，沒錯。畢竟每個人都很在意自己的體態嘛。對女性來說，美容和健康可是難以割捨的重要課題呢。」

突然被問話的維茲點頭如搗蒜。

這麼說來，琳恩要是吃多了，隔天也會特別控制飲食呢。

「那麼，要是有種食物，可以讓汝吃再多也不會胖呢？」

「求之不得！可是，世界上應該沒有那種夢幻食品吧。」

「呼哈哈哈哈！如果有，汝會怎麼做！」

「咦？如果真的有那種效用，絕對會超級熱賣啊！」

興奮不已的維茲如此斷言道。

看她這麼感興趣的模樣，要是真有這種食物，應該會在女孩之間掀起搶購風潮吧。

「可是啊，我不是在懷疑老大啦，但真的有這種好東西嗎？多吃只會多胖吧，就像那個阿爾達普的肥肚子一樣。」

想到那個阿克塞爾的貴族領主阿爾達普，我就一點幹勁也沒有。

這個人渣本來就很討人厭了，之前甚至還動歪腦筋，強迫達克妮絲嫁給他。

後來因為先前的惡行惡狀曝了光，導致他的財產全數充公，人也下落不明了。真不知道他現在在哪裡做些什麼。

「真的有喔。吾發現無論吃多少也不會胖的食材，就是安樂少女。」

「安樂少女？老大，這方法也太邪門了吧……」

「巴尼爾先生，我覺得這有待商榷耶……」

我和維茲都被老大的發言嚇得退避三舍。

所謂的安樂少女，就是有著楚楚可憐少女外貌的植物型怪物。

安樂少女的外貌與行為會激起人們的保護欲，她們便會藉此誘惑產生憐憫之心的旅人與冒

險者，是一群惡劣的傢伙。只要中了她們的誘惑，就會被囚禁到衰弱至死，而死去的人類則會轉化為安樂少女的養分。

光聽這些，會讓人以為她們是一種極其凶惡的怪物，但因為可以毫無苦痛地離世，因此仍有難以計數的人類會自行前往安樂少女的所在之處，以求安穩地死去。

公會也將安樂少女視為凶殘怪物，鼓勵冒險者們將其驅除……我記得是這樣啦。

「看來汝等有些誤會了，吾的意思並不是獵捕安樂少女來食用，吾的目標是她們產出的果實。」

「果實？……你是指吃過一次就會上癮的那種果實嗎？」

「嗯。聽說那種果實雖然十分美味又能果腹，卻毫無營養價值，無論吃多少也不會胖。只要將那東西作為食材添加到商品裡賣出去，應該可以賺不少錢。」

哦？我都不知道安樂少女還會產出這種果實呢。

……原來如此，老大真會想耶。的確只要運用這種果實，就能製造出吃不胖的食物了。

「吾還聽說那種果實有毒，原先是為了讓人類這個獵物變得衰弱，以免脫逃。」

「真不愧是老大，這簡直就是最棒的食材嘛。這樣肯定會大賺一筆。」

「可、可是，我也聽說那種果實的成分會導致神經系統異常耶。飢餓、睡意及疼痛的感覺會被阻斷，導致人在半夢半醒的狀態下衰竭而死，所以人類才會稱其為安樂少女啊。」

原先幹勁十足的維茲出言制止。

這東西這麼危險啊？那就另當別論了。要是賣這種食品，不只警察會上門關切，還是滔天大罪耶。

「這樣不太妙吧？如果被警方逮捕，就真的要吃一輩子牢飯了耶……」

「作為一個人，可不能販售這麼危險的東西啊，巴尼爾先生！」

維茲狠狠瞪著老大，用力地抓著他的身子前後搖晃，像是在責備他似的。

老大一臉厭煩地把維茲推開，並大大地嘆了口氣。

「吾又不是人類，而且吾可不像汝等這麼愚蠢。才不會直接販售這種果實。吾也不希望致人於死地，預計會想辦法移除對人體有害的成分，再進行加工販售。因此得從安樂少女那裡取得相當數量的果實才行。」

「所以你想委託我去處理啊？」

「幸好汝腦筋動得快。吾會賞汝一筆委託費喔，怎麼樣？」

聽起來還不賴嘛。即使最後加工失敗，無法移除有害成分，我也已經拿到委託費了，所以不關我的事。

如果進展順利，又能跟銷售成果沾點邊，我就可以賺更多錢。

這個委託還不錯耶。豈止是不錯，這根本是個穩賺不賠的斂財之道呢！

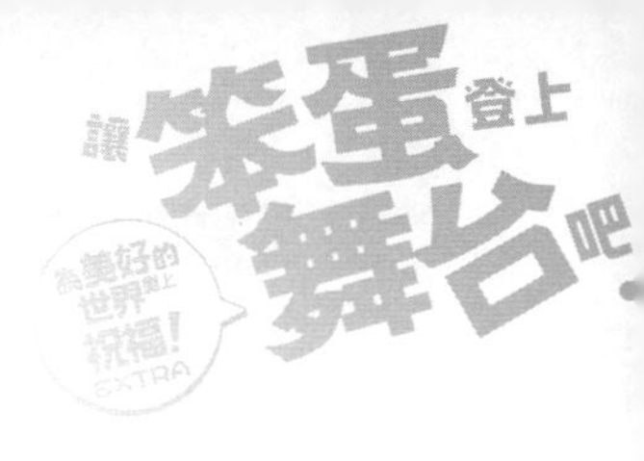

「適合壞點子的小混混啊，讓吾聽聽汝的回答吧！」

「這還用說嗎！我跟老大是摯友耶。嘿嘿，我很樂意接下這份委託喔！」

我搓著雙手如此回答，老大也心滿意足地笑了。

不過老闆維茲仍然猶豫不決，只能心煩意亂地在店裡來回踱步。

2

因為有機會付清借款了，於是我興高采烈地回到公會，剛好夥伴們也在，我就大致跟他們說了一下委託的內容。

至於跟老大交易的內幕，我就隨便地敷衍帶過。

「就是這樣。委託費高得離譜呢，我們當然要接下來吧？」

「出自那位巴尼爾先生的委託，感覺就很可怕耶。你忘記我們在阿爾坎雷堤亞遭遇什麼慘事了嗎？」

一副興趣缺缺的琳恩停下用餐的動作，一邊轉著手上的餐刀一邊嘀咕著。

這傢伙又在吃沙拉了。

「我沒忘啦。但真要說的話，那只是因為老大討厭阿克西斯教徒而已，平常他都是跟和真做正當生意喔。」

「和真好像因此發大財了呢。」

「他現在住的那間豪宅搞不好就是用那筆錢蓋的。真令人羨慕啊～～」

泰勒和奇斯已經欣然接受了啊。

琳恩老是動不動就起疑，不把浪漫當一回事，這樣不太好耶。

「而且這次只是要採集安樂少女的果實而已。如果順便驅除掉她們，還能從公會那邊拿到一筆報酬呢。」

雖然在張貼工作委託的公布欄上沒有驅除安樂少女的委託，但只要把證據留著，隨時都能拿到報酬。

「安樂少女啊。這個委託是可以接啦，但我不想殺了她們，所以只採集果實就好了。」

「我也不想驅除她們。」

「就算是怪物，我也不想射穿女孩子的身體嘛。」

夥伴們似乎沒打算驅除啊。

雖說是怪物，但她們的外觀就像人類少女，我能理解他們猶豫的心情啦。

「是有點可惜，但也沒辦法了。放心吧，這次只要跟安樂少女進行交涉，請她們給我們果

實就好了。她們好像聽得懂人話。」

可惜不能拿到公會的報酬，但光是老大的委託費就可以賺不少了，沒必要承擔被夥伴們討厭的風險。

「不過安樂少女的棲息地在哪裡啊？聽說有人目擊她們出現在阿爾坎雷堤亞到紅魔之里的街道上，但好像被擊退了耶。」

「奇斯，你是說真的嗎？不都說安樂少女的外貌就像個可愛少女，會讓人忍不住想挺身保護嗎？一般人哪有辦法擊退她們啊……」

琳恩想像起那個畫面，並皺起了眉。

一想到冒險者出手擊敗弱小少女的模樣……根本就是犯罪嘛。

「我還是算了吧。就算是怪物，但對小孩出手還是太扯了。我這種溫文儒雅的紳士實在做不出這種事！」

「居然毫不留情地襲擊少女，簡直豬狗不如！下手的人是不是剛被女人甩了，想要藉此洩憤啊？我才不會做這種下流的勾當呢！」

奇斯乘著醉意，對見也沒見過的那名冒險者破口大罵。這時，後頭忽然傳來一陣硬物相撞的巨大聲響。

我回頭一看，發現是和真渾身顫抖地用空啤酒杯敲著桌面。

原來和真的小隊也在啊。

「你們這些傢伙，怎麼可以譴責這種事呢？雖然外表看似人類少女，但她們確實是怪物。就算人類是出於自願接近她們，才會落得安樂死的下場，但她們將人類逼上死路，仍是不容置疑的事實。有人願意扛下這種沒人想做的工作，你們不該譴責，而是該感謝吧。」

看到泰勒沉重地點點頭，坐在稍遠處的和真立刻站起身，朝這裡走了過來。

「這杯算我的。只有泰勒可以盡情地喝，你要點東西來吃也行！」

「哦？雖然搞不清楚是怎麼回事，不過謝啦，我就誠心誠意地接受了。」

和真把快要滿出來的啤酒杯放在桌上就走了。

「喂，為什麼只請泰勒啊？我是你的麻吉耶，也拿點酒跟料理給我啊！」

「太狡猾了吧！我也要！」

「就是嘛！居然請別人喝酒，你怎麼就不能對同小隊的我溫柔一點呢，你這樣還算是人嗎！給我把這間店最昂貴的酒拿過來！」

聽到我和奇斯大聲嚷嚷，坐在那桌的宴會祭司也高聲叫了起來。

眼見情況變成如此，和真瞇起眼瞪著我們，並吸了一大口氣。

「我拒絕！」

可惡，最近不該每晚都逼他請客的。

話說回來，泰勒跟和真的感情還真好啊，我常看到他們兩個單獨喝酒。

他們都是小隊隊長，似乎因此很合得來，還會把對隊員的苦水當作下酒菜，聊得很起勁的樣子。

「回歸正題吧，所以大概知道安樂少女的棲息處在哪裡嗎？」

「那種事只要問櫃檯的露娜就解決了吧。」

我走向在櫃檯看似閒著沒事的露娜，在開口之前先往下看。

她那對雙峰不管什麼時候看都很壯觀呢。如果只論胸部大小，包含冒險者在內，她應該是箇中翹楚吧。

正當我想仔細觀賞那道乳溝時，她卻馬上遮了起來。

看一下又不會少一塊肉。

「請問你有什麼事嗎，達斯特先生？」

「像妳這樣光是存在就能造福眾人雙眼的能力，實在是太優秀了。真希望琳恩也能向妳看齊。」

「要是想拐彎抹角對我性騷擾，請在我報警之前盡速離開。」

我難得開口誇獎她，露娜卻抱緊胸口，完全不讓我看。

既然要遮，就不要穿那種胸口大開的衣服啊。

「喂喂，警察不會因為這點小事就跑來啦，我可是過來人呢。不說這些了，有沒有安樂少女的目擊情報啊？」

「難不成你要去擊退她們嗎？真是太感謝了！」

如此妄下定論的露娜一傾身向前，那對過於豐滿的胸部便劇烈晃動起來。

親眼目睹這魄力十足的畫面，就能理解為何平時多有男性冒險者排在露娜的櫃檯前了。

儘管我沒打算擊退安樂少女，但就順著這個話題繼續談吧。

「對啊，希望妳能跟我說哪裡有安樂少女。聽說之前在阿爾坎雷堤亞附近有一隻？」

「是的。雖然那隻已經被擊退了，但其他地方還有安樂少女的目擊情報。」

說著說著，露娜便拿出一份看似資料的東西給我過目。

上頭記載了安樂少女的生態，還有群聚處的地圖。這個叉叉的記號，應該是代表擊退完畢了吧。

「你們剛剛也有談到，在這條街道出沒的安樂少女似乎已經被某位冒險者擊退了。」

「安樂少女的外觀就跟人類的小鬼沒兩樣吧？妳知道是哪個傢伙幹的好事嗎？」

「我們姑且有和他取得聯繫喔。是個隸屬阿克塞爾冒險者公會，一馬當先接下這個任誰都不願意接的苦差事，相當可靠的人。他跟我們回報表示殺害安樂少女比想像中還要容易，請達斯特先生放心吧。」

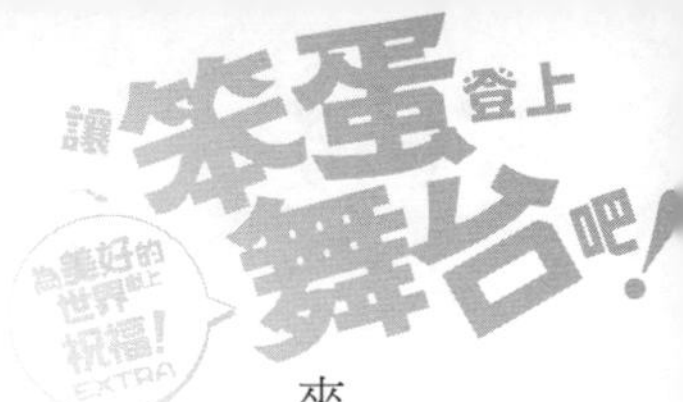

這時後方傳來了椅子傾倒在地的聲響，我轉頭一看，發現和真火冒三丈地要往這裡衝過來，達克妮絲和惠惠正在拚命阻止他。

「開什麼玩笑啊！妳知道我那時候多辛苦嗎！」

整張臉都紅了耶……他已經醉得一塌糊塗了。

露娜笑得一臉燦爛，不過有很多新人冒險者會被這個笑容所騙。我知道露娜其實個性還挺壞的。

「是不是有什麼內幕啊？」

「沒有。好了，我們繼續剛才的話題吧。安樂少女最新的目擊情報是在這片湖泊附近。這是城鎮的水源之一，先前因為水質惡劣，讓居民困擾不已，但經過淨化之後，現在已經蛻變成一片美麗的湖泊了。」

這時又傳來椅子傾倒的聲音。

轉頭一看，只見這次是藍頭髮的宴會祭司——阿克婭抱著頭蹲了下來。

「待在籠子裡面就好了。外面的世界好可怕……外面的世界好可怕……」

「啊啊！當時的心理陰影又復甦了啦！和真，你快想想辦法啊！」

「才不要，麻煩死了。只要灌她幾杯酒，她就會恢復原狀了啦。」

面對露出虛無神情，喃喃自語的阿克婭，爆裂女孩慌了手腳。

唯有炒熱氣氛可取的她居然也會垂頭喪氣啊，真是稀奇。

「只要去那片湖泊就能找到安樂少女是吧。好喔，謝啦。」

「千萬不能大意喔。大多去討伐的人都會被她們的外表所騙，沒能驅逐就回來了呢。」

「我懂。」

雖然我們沒打算殺了她們，但報酬比想像中還要高出許多。

我也可以瞞著隊友打垮安樂少女，獨占這筆獎金耶。如此一來，就可以雙收老大和公會給我的錢了，有夠划算。

3

我們直接來到距離城鎮有一段路的目的地。

這片湖泊似乎匯集了從山上順流而下的清澈水源，比想像中還要廣闊且美麗。

「嗯～～要不是有公事在身，真想在這裡吃便當睡午覺。」

「就是說啊。途中也沒有碰到怪物，真是一派和平。」

「安樂少女真的會在這種地方嗎？我們乾脆在這裡玩個水就回去吧。」

夥伴們都悠悠哉哉的。

奇斯打了個大呵欠，一副現在就要躺在草地上休息的樣子。

我得承認，這種舒適悠閒的天氣確實很適合偷懶。要不是接了老大的委託，我也想乾脆倒頭就睡。

「趕快完成委託回去吧。聽說她們棲息在湖邊的森林裡頭。」

「那就快點出發吧。只要跟她們交涉就行了吧。」

正當我們在湖邊散步時，發現了幾個冒險者。

而且不是一兩個而已，有十幾個人在森林進進出出的。

「難道這附近有什麼值得討伐的怪物嗎？還是有美女大姊姊會在這個湖裡裸泳，大家都會來這邊偷窺，只是我不知道而已嗎？」

「怎麼可能會有這種蠢事。不過你也很在意吧，這裡的冒險者似乎有點多呢……泰勒，你知道些什麼嗎？」

看樣子琳恩也沒有頭緒，於是她將問題丟給泰勒，而泰勒也默默地搖了搖頭。

「是不是有大蔥鴨啊？聽說牠們喜歡乾淨的水源。」

奇斯的意見說不定是對的，我還真沒想到。

大蔥鴨毫無威脅性，經驗值卻很高，而且肉質豐富，蔥也十分可口。綜合各方面來說，確實是值得討伐的怪物。

那群冒險者還會不時往這裡偷瞄，應該也是提高了戒心，不想讓我們搶走大蔥鴨吧。還是裝作沒看到好了。

我們一行人在其他冒險者的注視之下，走進了森林。

往前走了一會兒，我們來到一處草木稀疏的地帶，有位綠色頭髮的少女正待在孤零零的一株樹木旁。

這位體型纖瘦的少女坐在雜草叢生的草地上，用一對哀戚的雙眸盯著我們瞧。

她那足以激發人類保護欲的外表，就連我都忍不住動心，想要好好呵護她。

「一個女孩子身處在這種森林之中……難道她就是安樂少女嗎？」

「不管怎麼看都是人類耶。會不會只是個迷路的小孩？」

「這是擬態吧。哇～～好厲害喔。要是毫不知情，一定會被這傢伙給騙了。」

也難怪琳恩他們會有所動搖了。

雖然不覺得一個小孩子會待在這種遠離城鎮的偏遠地帶，但即使在城鎮裡跟她擦身而過，我也不會發現她是怪物。

「呃，妳是安樂少女沒錯吧？」

聽到我向她問話，她微微點了點頭。

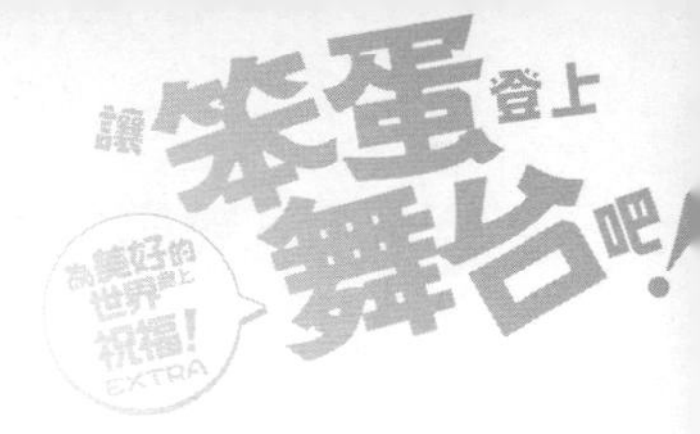

接著，她用淚光閃閃的眼眸望著我，輕啟雙唇說道：

「嗯。大哥哥……你們是來殺我的嗎？」

「呃，不是啦……」

被那盈滿淚水的純真眼眸這麼一看，我的心中頓時隱隱作痛。

唔唔！原來我的良心還存在於內心某處啊……

聽到無比孱弱的少女說出這種話，確實是會難以下手。

雖然之前喝酒的時候說了那種話，還想說有機會打倒她的話，就可以再跟公會拿一筆報酬，但還是算了吧。

既然只有一隻，就算不對她痛下殺手，也不會有什麼問題吧。

「別害怕，不會發生這種恐怖的事情。我們今天只是來找妳商量一件事而已。」

「沒錯。我們什麼也不會做，妳可以放心喔。我絕不會讓這個野蠻的男人對妳出手。」

琳恩平常不太會用這種肉麻的聲音講話，還真稀奇。

「商量？」

安樂少女用手指抵著臉頰，歪頭表示不解。

琳恩好像被她這個動作打敗了，只見她慈眉善目地露出了微笑。

奇斯和泰勒為了不驚動到她，連忙將武器藏在身後。畢竟這些人本性都不錯，可以想見會

演變成這種狀況。

「我們想要妳產出的果實，可以給我們幾顆嗎？」

「啊，你們肚子餓了呀？等我一下喔。」

安樂少女開心地笑著，並拔下從身上長出的果實，遞給我們每一個人。

這時，她的神情似乎因為痛苦而微微扭曲。

「啊！如果會痛的話，就不用勉強了！」

「就是說啊，不要勉強。妳要好好珍惜自己的身體。」

琳恩和泰勒慌慌張張地連忙阻止，但安樂少女卻搖了搖頭。

「我沒事。溫柔的大姊姊和大哥哥，謝謝你們。如果肚子餓了，就多吃一點喔。」

她勇敢又堅定地這麼說著，並微微一笑。

奇斯死盯著手中的果實，並摟住我的肩膀，湊近我耳邊竊竊私語道：

「不覺得她的說話方式很可疑嗎？就像裝得百依百順，讓我在她身上散盡家產之後，再跟男客人一起潛逃的女人一樣。」

「嗯，奇斯你也這麼想啊。那兩個人很單純，所以完全上鉤了，但那怎麼看都像是在演戲啊。她那個表情該怎麼說呢……」

我跟奇斯想法一致。

那根本就是用撒嬌的方式，逼迫客人喝下昂貴名酒的酒店大姊姊嘛。

如果在酩酊大醉，心情正好的時後或許還會上當。但我現在十分清醒，所以只覺得安樂少女的一切都是裝出來的。

總覺得能理解公會為何會把她們列為危險怪物，鼓勵大家消滅了。

雖然今天會放她一馬，但或許還是狠下心來擊退比較好。

不過，沒想到這麼輕鬆就拿到果實了。我嗅了嗅，便聞到一股甜美的香氣。

我最近都沒能好好吃上一頓飯，所以這顆果實看起來更加美味了……但在從老大那邊拿到錢之前，還是先忍住吧。

看樣子能順利跟她溝通，現階段她也沒有要加害我們的意思……雖然她滿心想讓我們吃下果實就是了。

我本來以為會更辛苦，充滿了戒心，沒想到這麼輕易就結束了。

「哦，謝了，那我就帶回去嘍。」

「啊？」

這個驚訝的叫聲跟方才大相逕庭，感覺充滿了鄙視。

剛剛分明還是那種虛幻縹緲的氣氛和嗓音，是因為驚嚇而露出了本性嗎？

「怎麼，我不能帶回去嗎？」

「呃，這個果實不能久放，要馬上食用才會好吃。大家都說要趁新鮮的時候品嚐，才能體會到雙頰都為之融化的美味喔。」

安樂少女變得坐立難安，拚命想挽留我們。

她是想讓我們當場吃下果實，淪為她的俘虜之後，再吸取我們的養分吧？即使外表看似少女，骨子裡果然是個怪物呢。

「不是啊，吃了這個果實之後就會上癮，沒辦法離開現場了吧。」

「沒這回事。就只是很好吃而已。」

「那我帶回去也無所謂吧？」

安樂少女雙手環胸，一直「唔～～唔～～」地沉吟。

「那妳吃一個給我看看。」

「咦？要我吃自己產出的果實，這有點……」

我一把果實遞到她面前，她就皺起了眉。

難怪她會遲疑。這就像要她吃下身體的一部分一樣。

安樂少女露出懼怕的神情，拉住了琳恩和泰勒的衣角。

「不要對她這麼殘忍啦。我會用魔法燒爛那個傢伙，妳不要擔心。」

「對於弱者應該要溫柔相待才是。妳放心吧，作為一位十字騎士，無論發生什麼事，我都會保護妳。」

兩人擋在我面前，像是要庇護安樂少女似的。

馬上就中計了嘛。

「奇斯，那你吃吃看。」

「為什麼是我啊！你吃不就好了嗎！沒錢就會到處搜刮剩飯的達斯特，不管吃了什麼都不會有事吧！」

「別說得那麼難聽嘛！我只有在快要撐不下去的時候，吃過兩三次剩飯而已！」

此話一出，夥伴們全都嚇得倒退三步。

不僅如此，就連安樂少女都神情哀婉地做出了拭淚的動作。

「喂喂，沒必要這麼驚訝吧？在錢包跟肚子都乾癟癟的情況下，聞到餐廳的垃圾桶傳來食物的香氣，就會鬼迷心竅吧？」

「才不會。」

「太離譜了吧。」

「你如果真的很餓，我會買麵包給你吃啦，拜託別這樣……」

「我再多給你兩個果實吧。」

可惡！這些傢伙的體貼善意反而更讓人火大！

我們無視了正準備要再摘幾顆果實給我的安樂少女，火速離開現場。

往後或許還會有冒險者上當受騙吧。考量到這一點，我覺得可能殺了她比較好，但現在還是把老大的委託視為第一優先吧。

4

一回到阿克塞爾，我便獨自去向巴尼爾老大回報成果。

夥伴們似乎不太會應付巴尼爾老大，所以他們在公會裡等我。

我用力打開門，意氣風發地走進店裡後，就看見美女老闆躺在地上渾身痙攣。這是常有的事，所以我沒想太多。

老大雙手環胸俯視著老闆，而一身尋常打扮的蘿莉夢魔就站在他身邊。

「老大，我回來嘍～～妳怎麼也在啊？」

「我有事要找巴尼爾大人商量，剛剛才過來而已。」

她用我從沒聽過的甜美肉麻嗓音這麼說著。

……蘿莉夢魔之前說過她是巴尼爾老大的粉絲是吧。

「吾就先聽聽委託的結果吧，可以嗎？」

「當然沒問題，等等再處理我的事情就好了。因為我是個懂分寸的女人嘛。」

在老大面前，蘿莉夢魔裝得像乖乖牌一樣溫順體貼。她的個性明明很強硬耶。

雖然她眼睛閃閃發亮地仰望著老大，但老大卻毫無興趣，把她晾著不管……真可憐。

「算了。雖然我只帶了四個過來，但還是順利完成委託了。」

我把採集到的果實裝在袋子裡，在魔道具店連同袋子一起交給巴尼爾老大。

「吾確實收下了，剩下的尾款也現在給……這是怎麼回事？」

老大確認著袋子裡的物品，並歪過了頭。

他將袋子反轉過來，把裡面的東西倒在桌上。只見袋中的果實表面變得皺巴巴，還縮成不到一半的大小。

「這是水果乾嗎？」

「這種果實原本就長這樣嗎？」

「不，本來看起來是更鮮嫩可口的……真奇怪，才過半天而已，怎麼會乾縮成這樣？」

表皮也變得漆黑，根本激不起食慾。

「嗚嘔，好臭！簡直像三天沒洗的襪子一樣臭嘛！」

「咦咦！達斯特先生知道這種臭味，就表示你的襪子都沒洗嗎？」

蘿莉夢魔丟出了一個無關緊要的吐槽。

不要捏著鼻子怕臭味沾到自己身上，就把臭氣往我這裡搧啊。出外冒險時，同一套衣服都會穿個兩三天嘛。

「嗯，隨著時間流逝，居然會劣化得這麼嚴重啊。是為了不要激發果實內的可疑成分才會縮減保鮮期限嗎？這麼一來，就該考慮到果實內的成分恐怕會有所變化了。」

「真的假的？那我不就白忙一場了嗎……那個，老大，你該不會要把先前支付的委託費用收回去吧？我已經連一艾莉絲都不剩了喔。」

我已經把果實帶過來，任務就算達成了，所以我想直接拿錢走人。

「吾不會說那種小氣的話，但這樣根本沒意義。或許只能把安樂少女直接抓過來了。」

「抱歉，打斷你們的談話。請問這是從安樂少女那裡採集到的果實嗎？」

「是啊，沒錯。老大委託我去摘幾個安樂少女的果實回來。」

聽我這麼一說，蘿莉夢魔便皺起眉頭，緊盯著果實看。

這傢伙怎麼突然一副不高興的樣子？

「喂，怎麼啦，妳是便祕嗎？」

「怎麼會扯到那裡去啊？這個嘛，我原本就是來找巴尼爾大人商量關於安樂少女的事，這也太巧了吧。」

「哦？這讓吾有點興趣呢，說來聽聽吧。」

老大這麼說著，便把果實裝回袋子裡，並將袋口綁緊。

如果放著不管，整間魔道具店就會充斥著惡臭之氣。

老大才剛提起袋子，就停下動作皺起了眉。看來是聞到從袋子裡飄散出的臭味了吧。

他將手抵在下顎，似乎在思考些什麼，接著便將袋子扔到在地板上持續痙攣，無法動彈的維茲眼前。

直接嗅聞到那股惡臭之後，維茲的身體忽然猛地一震，然後一動也不動了。

……她這次又幹了什麼好事啊？雖然有點在意，但我決定先聽聽蘿莉夢魔怎麼說。

「其實，最近有好幾個常客都不來光顧了。我們覺得不太對勁，於是調查了一下，發現那些客人連冒險者公會都沒有去。我問了其他冒險者，結果他們說『最近大家都混得不錯，所以懶得出去冒險，自然就不會到公會來了』，完全不想理我呢。」

哦～～因為魔王軍幹部和多頭水蛇這種高額獎金的獵物接二連三被打倒，就算不用頻繁地接工作委託，也可以過上奢華的生活了。

我是錢一到手就會馬上花光的人，所以常常沒錢就是了。

聽她這麼說，我才發現最近有幾個人都沒來公會喝酒了呢。

「我針對這件事繼續深入調查，發現沒來光顧的客人們有個共通點——所有人都接過消滅

安樂少女的委託！」

「可是安樂少女還活得好好的耶。」

「那就代表所有人都沒能完成委託吧。」

要打倒安樂少女，最重要的不是實力，而是得具備勇氣及殘酷的心。話雖如此，如果有十幾個人接下挑戰，至少也會有一個人成功吧。

狀況變得如此棘手，消滅安樂少女的報酬肯定會翻倍。關於這一點，我再跟公會打聽一下比較好。

「我去找露娜問問詳細狀況好了。畢竟委託也沒有完成。」

「汝居然志氣滿滿啊，真是難得。吾也來思考一下取得新鮮果實的對策好了。」

「我來助巴尼爾大人一臂之力！因為我很能幹嘛！」

「那汝能幫忙把地上那個大型垃圾收進倉庫裡嗎？否則會妨礙吾接待客人。」

蘿莉夢魔聽從老大的指示，將維茲拖到店鋪後頭去了。

雖然覺得有點可憐，但她每次都白白浪費掉老大賺來的錢，所以也沒必要同情吧。

5

「他們居然沒有等我回來喔，一群無情的傢伙。」

當我回到公會時，隊友們已經不見蹤影。不知道是窩回房間，還是到街上閒晃去了。

感覺認真工作就像個傻子一樣，於是我決定來喝杯酒。但我沒從老大那邊拿到錢，所以現在連一艾莉絲都沒有。

難得酒吧這樣空蕩蕩的，也不見能讓我蹭飯的人。

「雖然我沒錢，但妳讓我賒帳喝個一杯吧。」

我對一位店員這麼說，結果她皺著眉頭對我冷哼了一聲。

「哈！想搞笑的話，你的臉跟平常的所作所為就夠可笑了。你上個月賒的帳都還沒還清呢。大家最近在討論差不多該禁止你入店消費了。」

「妳在……說笑吧？拜託妳告訴我這只是玩笑話啊！進不了公會就不能接委託了耶！」

要是被設為拒絕往來戶，我就沒辦法出去冒險了。

「誰理你啊。等等，你不要趁機亂摸奇怪的地方！請你趕快把該付的款項付清啦！」

我抱住店員的腰叫苦連天，店員便用手上的托盤砸向我的頭。

可惡，我是客人耶！雖然我每次都拖欠酒錢，但她竟敢得寸進尺。就算說起來是我有錯在

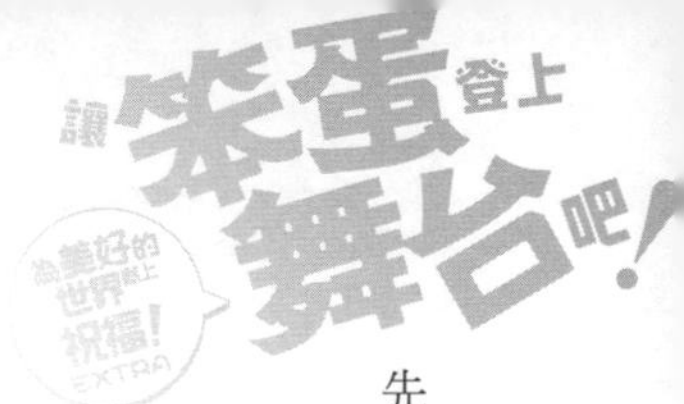

先也不能這樣吧！

但再怎麼生氣也無濟於事，於是我去找正在擦櫃檯清掃的露娜搭話。

「哦，像這樣翹著屁股的背影也不錯呢。」

「我真的要把你告上法院了喔。」

回頭看我的露娜瞇著眼瞪了過來。

「喂喂，我可是把持住理性沒有出手耶，妳應該稱讚我吧。」

「犯罪者的思考模式還真是恐怖。你要煩我的話，就閃邊涼快去。」

露娜像是在驅趕蚊蟲般揮了揮手。

如果她不是公會的櫃檯小姐，我還真想唸她幾句，但身為一介冒險者絕不能與她為敵。

「別這麼無情嘛。我想請妳再跟我說一些安樂少女的情報。」

「啊，這麼說來，驅除的狀況如何？」

哎呀，感覺比上次還要積極呢。

「我就是要說這個啦。安樂少女確實有出現，但我的夥伴都嚇得不敢對她出手呢。」

「啊～～還是變成這樣了啊。因為她的外表和說話方式都楚楚可憐，心地善良的人都沒辦法痛下殺手，讓我傷透了腦筋。我還期待達斯特先生應該下得了手呢。」

「喂，這話是什麼意思！」

「就是字面上的意思啊。」

這、這傢伙居然笑著這樣回答我。

得找個機會逼問露娜到底是怎麼看待我的。但與其在意這點小事，現階段還是以這件事為優先吧。

「唉～～好不容易下定決心要消滅安樂少女了說，但我又改變心意啦～～啊～～真提不起勁啊～～」

「等、等一下！我為剛才的失言道歉，所以能請你幫這個忙嗎？我真的很傷腦筋啊！最近的冒險者們就已經很懶得工作，害我這邊積了一大堆委託，但去驅除的人又都有去無回，讓我頭痛到極點啊！」

露娜好像真的被逼急了，一直用她的巨乳硬擠過來。

啊，再繼續被她擠一下好像也不錯。

「原來妳這麼困擾啊？」

「就是說啊！我派人順便去調查那些有去無回的冒險者，結果只是徒增失蹤人口……女性冒險者都說她看起來太可憐了，所以不肯接受委託。」

看來蘿莉夢魔說得沒錯。前去驅除的人全都掉進安樂少女的陷阱裡了嗎？

「琳恩也這麼說過。看來女孩子沒辦法殺掉她呢。」

我的夥伴也礙於安樂少女的外表和說話口吻無法下手。大概只有心靈極為強韌，或是暴虐無道之人，才能對安樂少女痛下殺手吧。

「我也委託了成功驅除過安樂少女的冒險者，遺憾的是被拒絕了。說什麼自己的心靈已經嚴重受創，不想再跟安樂少女扯上關係之類……」

「要打倒外觀這麼純真的怪物，肯定很煎熬吧。」

她說的應該是之前把出沒在阿爾坎雷堤亞附近的安樂少女擊退的冒險者吧。

原本還以為那個冒險者是鐵石心腸，但最後還是一蹶不振了啊。

「棲息在湖邊的那個個體似乎特別棘手，還會用花言巧語突破人類的心防呢。這下該如何是好……」

露娜十分苦惱，並抬起眼凝望著我。

這傢伙一直用胸部擠我，會不會也是故意的啊？

喂喂，別以為我會敗在這麼明顯的誘惑之下喔。

「如果你願意接下驅逐除託……」

由於露娜又將身體緊貼過來，我的手臂與身體便被包覆在那對豐滿的雙乳之中。

咕喔喔喔喔！這樣不太妙！男人敵不過這種柔軟的觸感！我的理智都快消失啦！

「如果你願意……」

我吞了吞口水，等她說出下一句話。

「我就去幫你交涉，請公會的酒吧再讓你賒一個月的帳。」

「成交。」

我馬上回答。

6

「啊～～可惡，現在要怎麼辦啦！」

我跟夥伴們說這次還包含老大的委託，可說是一舉兩得，但所有人都拒絕了我。

問題可能出在他們和安樂少女見過一次面吧。不管我怎麼說，他們都充耳不聞，直接窩回房間裡去。

後來我又去找其他認識的冒險者談這件事，但誰也不想理我。

理由出在——

「達斯特說的好康哪能信啊。」

「那個怪物的外表看起來就像個少女吧，我不行啦。」

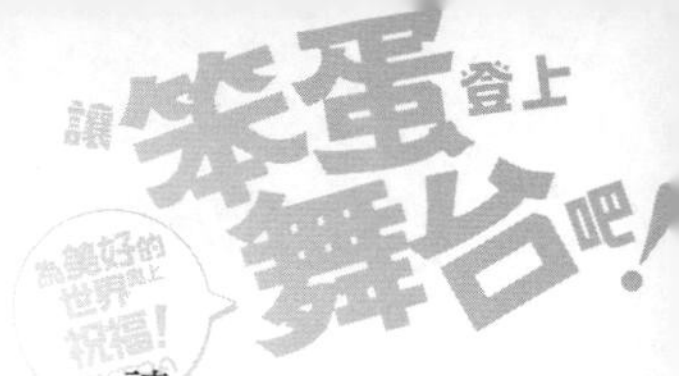

「別說這些了，你先把錢還來。」

大家如是說。而且我和最後那個傢伙已經不是在商量，而是打起來了。

雖然很想藉酒澆愁，但一直沒錢進來，我也不能再繼續賒賬了。我在公會裡到處尋覓願意請我喝一杯的人，但和真他們也不在。

我一個人應該也能擊退安樂少女，但冒險途中才是大問題。如果只有哥布林還能應付，要是初學者殺手或其他魔物集體現身的話，那就麻煩大了。

再怎麼想也沒用，於是我坐在椅子上，把店員叫了過來。

「喂～～可以幫我點餐嗎？」

「你付錢的話就可以呀。」

「嘖，給我水啦，水是免費的吧。」

「哦，只是水的話還行。」

「如果是含有酒精成分的水就更好了！」

聽我這麼說完，店員對我吐了吐舌頭，隨即離開了現場。

因為沒事可做，我便把腳靠在桌子上，眺望著天花板。

「願意跟我一起去冒險的人啊……」

在我喃喃自語的同時，就發現有個東西在我的視野一角動來動去。

老是占據窗邊特別座的邊緣人紅魔族，一直往我這裡偷瞄。

我記得剛剛去找其他人跟我組隊的時候她還不在那裡，看樣子是回來了。她應該又跟往常一樣，去煩和真小隊那個爆裂女孩了吧。

……確定找到一名同伴了。只要不跟她說是要驅除安樂少女，她肯定會跟過來。

只要有芸芸在，生命安全就能獲得保障了。我姑且確認一下她的意願吧。

「這裡有沒有樂於助人，既體貼又強大的帥氣魔法師啊～～」

我故意說得很大聲，好讓她聽得見。這時芸芸便竊笑不已地站起身子。

獵物上鉤啦。因為實在太輕鬆，我都要打起呵欠了。

那位獵物似乎沒察覺到我的計謀，抬頭挺胸地走上前來。

我忍住苦笑的心情，裝作沒看見——

「是在叫我嗎！」

結果那個爆裂女孩闖進了我的視線範圍。

她居然在最壞的時間點來到公會。

「誰在叫妳啊！喂，和真，這東西很礙事耶！」

「你怎麼可以用『這東西』來稱呼我呢！我可是紅魔族首屈一指的魔法師——」

「哦，抱歉啊。喂！我說過不能給人家添麻煩吧。」

和真一把揪起爆裂女孩的脖子，把她拖走了。

她原本還亂揮魔杖吵個不停，但立刻就渾身無力，安靜下來了。

「太狡猾了，怎麼可以對我使用『Drain Touch』！」

「少囉嗦！誰教妳的等級高成那樣啊，要是不用這招，妳會乖乖聽話嗎？喂，達克妮絲，不要用羨慕的眼神看著我們！」

「要是想破口大罵，你可以盡情羞辱我喔，別客氣。想用『Bind』束縛住我的行動自由也行……」

「吶，我可以點這個最貴的酒來喝嗎？我在問你耶。吶、吶！不准無視我，聽我說話啊啊啊啊！」

這群人還是一樣吵個沒完。

剛剛還鴉雀無聲的公會，一下子就吵嚷起來了。

在稍遠的座位上坐下來的和真，筋疲力盡地點了一些餐點。等等去找他蹭點東西吃吧，就這麼辦。

還是找和真他們來幫忙呢——雖然我瞬間閃過這個想法……但還是算了。

女隊員這麼多，應該沒辦法擊退安樂少女吧。而且我敢保證，只要跟這些人一起行動，肯定不會有什麼好下場。

我放棄找他們幫忙的念頭，便移開視線，結果看到錯過開口時機呆站在一旁的芸芸。

真是夠了，也差不多該輕鬆跟我搭話了吧。為什麼我總得顧慮她的心情不可？

「怎麼了，芸芸，有事嗎？」

「那個，呃，因為你剛剛提到冒險之類的……那個……」

她一直忸忸怩怩的，沒有要把話說完的意思。

這女人還是一樣麻煩透頂。

「唉……妳有空的話，可以來幫我嗎？」

「既然這麼希望我陪你的話，我也是可以跟你一起去啦！」

聽她笑容滿面地講出這種話，我就忍不住想捉弄她一番。

「又沒有非得叫妳陪我。」

「咦？可、可是，你剛剛不是說，沒人跟你去所以很頭痛嗎？」

「但這件事一個人也辦得到啊。」

「我、我只是剛好有空才來幫你啦！你不要客氣！」

既然要搞得這麼拚命，一開始坦率點不就好了嗎？

她的個性就是這樣，才會被爆裂女孩玩弄於股掌之間。

「妳都說到這份上了，就請妳幫個忙吧。那麼，為了紀念組隊的這一刻，我們來大肆慶祝吧！妳請客！」

「才不要呢！沒錢的話，喝水就行了吧！」

「妳也讓我吃點有味道的東西吧！妳知道嗎？雖然冰塊咬起來有口感，但根本填不飽肚子啊！」

「誰知道！」

「我懂！我懂你的感覺！撒點砂糖的話，至少能欺騙自己是在吃零食喔。」

忽然間冒出來的爆裂女孩點頭如搗蒜。

她又來亂插嘴了。

「惠惠！」

「我還以為妳的腦子也爆裂了，沒想到妳居然能懂啊！」

「你好大的膽子，竟敢瞧不起我這個紅魔族最有常識的人。要我給你的腦子也來一發嗎！」

「吶，妳為什麼要插嘴打斷人家啊！不要在室內使出爆裂魔法啦！」

惠惠舉起魔杖大鬧現場，而芸芸從後頭架住了她。

我發現和真跟阿克婭一邊看著這裡，一邊悠悠哉哉地喝著酒。

「和真！這個問題兒童在鬧事耶，快想想辦法啊！」

「放心吧，她今天已經沒有能擊出爆裂魔法的魔力了啦。」

既然和真這麼說，那就沒關係了。就把這傢伙丟給芸芸處理吧。

時間不早了，明天再來思考剩下的事情。正好和真也在，我就趁亂偷點幾杯酒來喝，他也不會發現吧。

畢竟他好像跟巴尼爾老大聯手賺了不少，區區酒錢應該不會放在眼裡。

7

「早安，巴尼爾老大。」

「在吾之千里眼中，太陽已經掛在頭頂正上方了呢。」

「午安，達斯特先生。」

我昨晚喝太多，所以睡晚了。來到魔道具店時，就看到身穿圍裙的巴尼爾老大，以及本日毫髮無傷的維茲。

「因為和真請我吃飯，我久違地體會到吃飽的滋味，不小心睡死了。對了，老大，安樂少女的果實怎麼辦？」

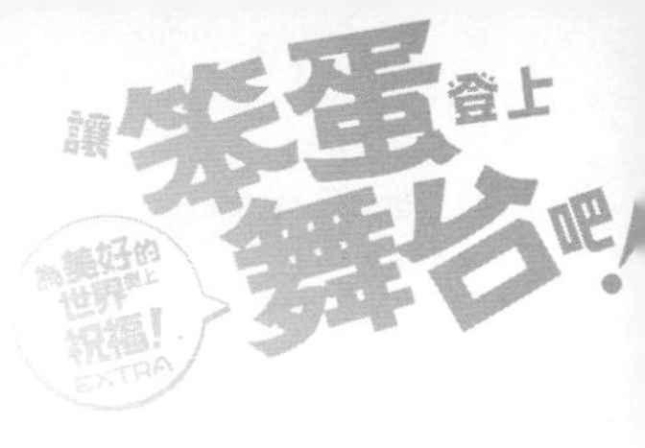

「吾是有想到一個辦法，但汝先說說在公會得到了什麼消息吧。」

「好啊。我聽露娜說——」

聽我說明詳情之後，老大雙手環胸地嘀咕了一聲。

「似乎變得有點棘手了呢。」

「跟小小的夢魔小姐說法一致呢。」

「蘿莉夢魔說了些什麼嗎？」

我這個單純的提問，讓老大深深地嘆了一口氣。

「滿腦子被酒色給淹沒的小混混啊，她昨天不是才說冒險者都不去夢魔店光顧了嗎？」

「老大，你不要誇我啦，我會害羞耶。」

「他不是在誇你喔，達斯特先生。」

維茲苦笑著出言否定。

這麼說來，蘿莉夢魔好像有說過這些事。酒一喝下去，我就沒什麼記憶了。

「之後吾又深入問了一下，似乎有個接了委託平安歸來的冒險者去了夢魔店。聽說那些前去驅除的冒險者們因為安樂少女變得失魂落魄，在她身邊保護她呢。未免也太誇張了。」

「也就是說，如果要消滅安樂少女，那群笨蛋冒險者就會來阻撓嗎……」

「應該會演變成這樣呢。因此吾有一個妙計。接下來，汝只要到夢魔店去一趟就行了。汝應該會在那裡嘗到美妙的體驗吧！」

老大做出這番意義深遠的發言後，勾起了一抹邪笑，接著便命令我到夢魔店去。

雖然不知道他在打什麼主意，但我還是乖乖聽命吧。

離開魔道具店後，我一如往常地走進表面佯裝成咖啡廳的夢魔店，只見夢魔們似乎閒著沒事做。

或許是因為沒有冒險者上門，害她們沒辦法好好進食，有幾個夢魔的臉頰都凹陷下去了。

「啊，達斯特先生！我等你很久了！」

難得是蘿莉夢魔前來迎接我，把我帶到座位上。我明明沒點餐，她卻擺了滿桌酒菜。

不僅如此，其他夢魔也都圍在我身邊，又是斟酒又是搥背的，十分殷勤地接待我。

「我是不知道妳想幹嘛，但我沒錢喔。」

「這些都是請你的，盡情享用吧。」

蘿莉夢魔用我此生從未見過的溫柔笑容注視著我。

……她的眼中毫無笑意，真令人毛骨悚然。

身旁的夢魔們也都笑盈盈地進行著無微不至的服務。

一位巨乳夢魔斟了一杯不是我點的酒，想餵我喝下去。

緊挨在我兩側的夢魔也將身子貼了上來，彷彿要用胸部包夾我似的。

……我四處張望，以確保情況危急時有路可逃。

「這裡應該是正派經營的店舖吧？我也沒有給各位添麻煩吧？我真的沒有錢喔，要不要我把錢包打開來給妳看看？」

「你幹嘛鬼鬼祟祟的啊？」

「因為天上不會平白無故就掉禮物下來啊。」

「你不要這麼警戒啦。我跟達斯特先生……都是在溫泉裸裎相見的關係了嘛。」

蘿莉夢魔雙手捧著臉頰，表現出羞赧的樣子。

她的眼神中還是沒有笑意啊。

「喔～～喔～～」「真有妳的～～」身旁的夢魔同事都故意開始起鬨，實在太可怕了。

圍在我身邊的夢魔們吐出的氣息拂過我的臉頰和頸部，讓我有種莫名的快感，但看到她們緊盯著我的雙眸時，我就冷靜下來了。

「妳們眼神都毫無笑意，感覺很恐怖耶！沒必要用這種奇怪的戰術對付我啦！」

「這樣啊？其實我們是想請你幫個忙。」

夢魔們各個朝我逼近。

平常若是被穿著暴露的美女們逼近，我應該會很開心，但不管怎麼想，現在這個情況肯定有鬼。

8

回到公會後，露娜跟我說只要盡早驅逐就能拿到報酬，於是我第二天一早就啟程了。

除了我以外，還有芸芸跟蘿莉夢魔跟我同行。而且——

「達斯特先生！那群人是怎麼回事啊！」

「妳不也見過好幾次了嗎？是蘿莉夢……蘿莉莎啊。」

「我當然認識蘿莉莎小姐啊！但後面那群穿著長袍的人是誰啊！」

她抓住我的肩膀用力搖晃，害我都快吐出來了。

只要一有突發狀況，這傢伙就會馬上慌了手腳。

不就是穿著連帽長袍，拉起兜帽蓋住眼睛的十幾個夢魔而已啊。

「不好意思，芸芸小姐，這些人是我的同事。她們住在鄰近那片湖泊的村子裡，我聽說她們想回去一趟，而且又有可靠的魔法師前輩芸芸小姐同行，我想說這一趟應該安全無虞，所以才會找她們一起……看來這樣給妳添麻煩了吧？」

「不、不會啦！可、可靠的前輩啊～～惠惠應該也沒被這樣稱讚過吧～～我等一下也得寫封信告訴軟呼呼跟冬冬菇才行！」

她嘴角上揚地扭動著身子，感覺十分愉悅。

立刻就被收買了。蘿莉夢魔對付芸芸還真有一套。

要我一個人保護這些夢魔實在有些吃力，但只要芸芸在就能放心了。現在這種情況根本就是——

「名符其實的後宮小隊啊！」

想必和真看了也會很羨慕吧。之後再好好炫耀一番。

除了我以外全是女人，而且各個都是身材姣好的大美女……蘿莉夢魔除外啦。

要是胸跟臀再豐滿一點，這傢伙就會妖媚許多，但現在不管怎麼看都跟小鬼沒兩樣。

「我感覺到一股讓人不太舒服的視線。」

「妳多心了吧？」

好險，差點被她發現我把她拿來跟其他夢魔相比了。

雖然身邊美女如雲，但每個人都身穿長袍，彷彿要藏起自己的好身材似的，無法造福我的雙眼，實在太可惜了。要是她們打扮得像平常一樣，我在冒險途中就能置身仙境了。

昨天晚上我還嚇得半死，不知她們會提出何等難題，但她們的要求卻出乎我的意料，我就欣然接受了。

因為想親自將客人找回來，所以希望能與我同行——當初聽到這個請求時，我雖然有點驚訝，但對夢魔來說，如果客人被其他怪物所迷惑，那可是奇恥大辱。

我也不知道該如何處理那些守護安樂少女的冒險者們，這樣正好。

「啊，達斯特先生。你之前要求我們以酒代替訂金，這瓶酒就請你收下吧。酒精濃度很高，建議不要在冒險途中喝喔。」

「哦，謝啦。這樣我今晚就能有個好夢了。」

我將接過手的酒瓶收進包包裡。

「如果有怪物出沒，就交給我處理吧！我絕對不會讓各位受到　點傷害！」

被夢魔們捧上天之後，芸芸就得意忘形起來。

這樣一來，她就會開開心心地替我擺平怪物了。感覺這趟旅途會十分輕鬆啊。

「『Light Of Saber』——！」

芸芸比平時更加氣勢洶湧地炸出了魔法。

她一擊就讓怪物粉身碎骨，夢魔們便立刻拍手叫好，於是她又羞又喜地走了回來。

雖然碰上了不少怪物，但除了芸芸之外，沒有人打算挺身而戰。

「哎呀～真是太愜意啦～」

「達斯特先生，你也有點貢獻好嗎？」

走在我身旁的蘿莉夢魔真是滿口胡言。

「喂喂，妳還沒搞清楚嗎？那傢伙平常不是孤零零地一個人玩，就是在看書而已。我是要把她帶到陽光普照的地方，為她提供廣受眾人愛戴的場面。我都是為了芸芸，才讓出了大顯身手的機會耶。」

「這話也太假了吧，我都快嚇死了。」

看來一邊吃零食一邊說這種話很沒有說服力。

見她離開夢魔們的簇擁，開開心心地朝我走來，我也姑且稱讚她幾句吧。畢竟她確實讓我樂得輕鬆。

「辛苦了，不嫌棄的話吃一點吧？」

「謝謝。沒想到達斯特先生也會這麼貼心……等等，這是我的零食吧！」

「我只是從放在那邊的袋子裡拿出來吃而已。」

「那是我的行李耶！你也太粗神經了吧，怎麼可以亂翻女生的包包呢！裡面還放了替換的衣物跟內衣褲耶！」

「只是當天來回，沒必要帶內衣褲跟替換衣物吧。而且我對小鬼的內衣褲沒興趣。」

者，更像是山賊。

她一直對我發牢騷，我就隨便應付她幾句。走著走著，湖泊便映入眼簾。

今天有三名男子在湖邊舀水。雖然距離很遠，看不清細節，但見那身打扮與其說是冒險者，更像是山賊。

「嗯～～好像在哪裡看過他們耶。」

即使我瞇起眼睛細看，但距離太遠，沒辦法看得更清楚了。

那三人將水裝進桶子裡，便扛著水桶往森林走去。

「喂，你有沒有在聽我說話呀！……你幹嘛擠眉弄眼的？」

「總覺得那三個人很眼熟耶。」

「你是說走進森林裡的人嗎？光看背影我也不清楚呢。」

「我似乎有點頭緒呢……嗯……」

雖然芸芸沒什麼印象，但蘿莉夢魔跟我有同感。

或許是經常光顧夢魔店的冒險者吧。

我環視周遭，發現附近還有一些人，而他們也察覺到我們的存在，正盯著這裡瞧。

應該是身穿長袍的夢魔集團十分詭異，他們才會一臉驚訝的樣子。這個集團怎麼看都不像冒險者，只看裝扮的話，感覺會讓人聯想到可疑的宗教團體。

「先去之前碰到那個怪物的地方吧。」

「啊，這麼說來，我之前太高興就忘記問了，我們是要驅除什麼怪物啊？會棲息在這種清澈湖邊的怪物……難、難不成是大蔥鴨嗎！你該不會要像惠惠一樣做出那種事吧！」

芸芸一臉走投無路的樣子朝我逼進。

雖然不知道她為何會慌成這樣，但總之先讓她冷靜下來吧。

「我的目標不是大蔥鴨。那個，該怎麼說，就是那個啦，是植物系的怪物。她會誘惑人類並吸取養分，非常邪惡呢。」

我沒有說謊喔。

「居、居然是這麼可怕的敵人。」

「不可以被她的外表騙了，她可是妨礙生意的壞女人喔！是假清高的淫蕩賤貨！」

蘿莉夢魔氣呼呼地這麼說著，而她身後的那群夢魔也用力地點點頭。

在夢魔眼中，安樂少女就像跟她們爭奪客源的敵人吧。

「妨礙生意？壞女人？」

只有芸芸搞不清楚狀況，稍稍陷入了混亂。

看這個樣子，要是詳加說明的話，她肯定會抱怨連連，還是直接帶她過去吧。

我們沿著湖畔繞了半圈，正準備走進森林入口之際，忽然有人影衝到我們眼前。

「前方禁止通行喔。」

十幾名身穿鎧甲的男子排成一列，阻擋了我們的去路。

「你們在幹嘛啊？」

「奇怪？這些人都是在公會看過的熟面孔耶。」

芸芸老是窩在公會裡，當然會有印象。眼前這些全都是去消滅安樂少女，卻一去不回的冒險者。

可見蘿莉夢魔並沒有說謊。

「呃，是小混混達斯特耶。」

「這小子絕對會痛下殺手。」

「看他那張臉，感覺只要付錢他連小女孩都能殺！」

「你們不要在當事人面前毫無顧忌地講壞話好嗎！」

我記住他們的臉了。下次我要在公會散布一些空穴來風的謠言。

雖然我一氣之下很想扁他們一頓，但雙方人數實在差太多了，夢魔她們又無法戰鬥。這時就要唆使我們家那位邊緣少女了。

「好，芸芸，快用妳擅長的魔法轟飛他們。」

「請、請等一下！各位都是冒險者吧？那個，我們只是要來驅除怪物而已，能請各位讓一讓嗎？」

「聽妳這麼說，就更不能讓你們過去了。無論如何都要進森林的話，就先打倒我們。」

這些人完全被安樂少女利用了嘛。

只要芸芸用魔法嚇嚇他們，馬上就能擺平了。

「達斯特先生，這到底是怎麼回事？為什麼這些人會包庇怪物呢……」

「這些人都被魔法操縱了。他們被洗腦，變成怪物的手下，才會來妨礙我們。」

「太、太卑鄙了！我絕不輕饒！」

芸芸一下子就上當了。我雖然有點擔心她的未來，但現在這樣才好辦事，所以就算了。

「你們不覺得被怪物利用很可恥嗎？再怎麼說，你們也算是冒險者吧？居然聽信怪物的讒言……唉，真是冒險者的恥辱啊。」

我嘆了一口氣並聳聳肩，說了些瞧不起人的話。

有幾個人被我的挑釁激怒，漲紅著臉大吼道：

「你最沒資格講這種話啦！」

「你才是公會的汙點吧！」

「你一天到晚性騷擾、行為不檢點，讓職員露娜小姐那對巨乳受了多少委屈啊！」

這群人把自己的事情放在一邊，異口同聲地對我破口大罵。

「我本來想跟你們和平解決，但我不想留情面了。上吧，邊緣人紅魔族！用『Lightning

Saber』殲滅他們吧！」

「不要用奇怪的方式稱呼我啦！」

我指向那群笨蛋，對芸芸發號施令，但芸芸不肯聽從我的指示。

只會提心吊膽的芸芸根本派不上用場，我跟她互相瞪視，情況陷入膠著。

要我先動手引發混戰，把敵我兩方全部捲進來，讓她不得不使用魔法才行嗎？

我下定決心，正準備踏出腳步時，有人將手放上了我的肩膀，於是我回過頭去。

「這裡就交給我們，你先帶芸芸小姐離開吧！」

蘿莉夢魔這麼說道。她的臉上寫滿了決心。

對喔，她們就是要把這些冒險者帶回去，才會跟著我們一起過來。

「可以交給妳們處理嗎？」

「當然！」

都說到這個份上了，可見她們很有自信吧。

這些人應該也不會傻到對夢魔出手才對。

「好吧，芸芸，這裡就交給她們吧！」

「請、請等一下！你剛剛不是說她們沒辦法戰鬥嗎！」

我抓住芸芸的手準備衝出去，她卻有些抗拒。

現在要解釋並說服她的話實在太麻煩了，就隨便編個謊話吧。

「啊～～其實她們是那些冒險者的妻子和戀人，因為冒險者遲遲不回家，她們才會憂心忡忡地跟過來，打算把冒險者們帶回去。因為家醜不可外揚，才沒辦法告訴妳，真抱歉。」

「原來如此……我明白了。那我們趕緊將洗腦人心的怪物打倒，讓他們清醒過來吧！」

芸芸甩開我的手，全力往森林衝了過去。

正義感這麼強是很好啦，但戒心不夠的話，小心會被壞男人欺騙喔。像我這種善良的男人倒是沒關係。

我連忙追在她後頭，但又有一群冒險者衝出來阻擋我們的去路。

「這個女孩子感覺很善良，應該沒什麼問題，但你就不能再往前走了。」

他說得沒錯。要是芸芸隻身前往，她一定下不了手，還會被收買……這個未來清清楚楚地浮現在我的眼前。

得想辦法解決掉他們，趕緊追上芸芸才行。要把眼前的傢伙痛扁一頓，趁機開溜嗎？

我才剛這麼想，後頭就傳來一陣布料摩擦的聲音。

「什麼！」

……這些傢伙為何忽然張大嘴，盯著我的身後猛瞧呢？

我也跟著轉過頭去，結果看見了——用極少的布料勉強遮住重要部位的夢魔們。

「「「嗚喔喔喔喔喔！」」」

現場爆出了一陣粗啞的歡呼聲。我也自然而然地叫了出來。

穿著暴露的夢魔們擺出了嬌豔無比的姿勢，讓人移不開視線。

「各位～～不要保護什麼安樂少女了，跟我們一起回去阿克塞爾嘛～～現在回去的話，就贈送半年內都有七折優惠的折、價、券、喲～～」

「如果直接回去的話～～除了夢境之外，人家還會送上更～～多更棒的服務喔～～」

夢魔們全都扭腰晃胸地拋出甜美的誘惑。

啊啊，可惡，我真想拋下一切回去阿克塞爾！

面對夢魔的誘惑，冒險者們各個緊咬下唇，拚命抵抗。

「不、不行，我們必須守護那個楚楚可憐的少女！」

難道這些人不清楚安樂少女的本性嗎？

「守護什麼啊，你們繼續留在這裡可是會喪命喔。」

「哈！你在說什麼傻話。我們都有服用果實，健康得很呢。」

「喂喂，莫非你們不知道安樂少女的果實毫無營養價值，只吃那種東西會導致精力疲乏衰退嗎？」

這群笨蛋一臉驚訝地看著我。

看來是被果實的迷幻作用跟安樂少女的話術騙得團團轉了。

「少騙人了。我們可沒蠢到會被這種謊言給欺騙。」

「你們就是這麼蠢啊。難道都不知道安樂少女的底細嗎？」

所有人同時歪過了頭。大叔做這種動作一點都不可愛，只會讓人作嘔。

難怪他們會一無所知。雖然安樂少女赫赫有名，但實際見過她的人少之又少。

接到這次的委託之前，我也對安樂少女一知半解，會上當受騙也無可厚非。

「這麼說來，我最近好像瘦了一圈……」

「我總覺得身體輕飄飄的，老是提不起勁。之前我一直想不透，但這應該只是體重減輕，身體變輕盈而已吧？」

「扣皮帶時可以往後一格，我還覺得賺到了呢。」

他們困惑地面面相覷，彷彿現在才察覺到身上的異狀。

到目前為止，每個人都沒有發現到這件事。

即使如此，或許是憐憫之情使然，以及果實的迷幻成分仍殘留於體內的關係，他們似乎仍無法下定決心，只能不知所措地呆站在原地。

但他們似乎敵不過男性的本能，逐漸往夢魘的方向靠近。

因為禁慾了好一陣子，誘惑的效果出奇地好。

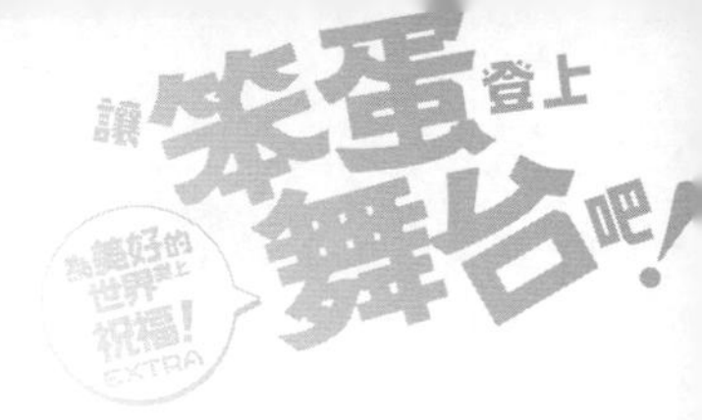

好，這樣就可以不用管他們了。

「給我等一下～～！你們怎麼能輕易拋下那個少女呢！」

此時有個三人組高聲出言挽留。是一個髒兮兮的大叔，以及看似同夥的兩個人。

呃，他們不就是……

「怎麼又是你們啊！」

「這是我們要說的吧！你為什麼無時無刻都在妨礙我們跟美幼女相處的療癒時光啊！」

這個回罵我的鬍子大叔是特殊性癖集團的老大。不知為何，最近老是跟他扯上關係。

「喂，你們這些蘿莉控。事情越來越複雜了，你們不要來搗亂啦。看在先前並肩作戰過的份上，這次我就特別放你們一馬，別再多管閒事了。」

「哈！我才不想理你這種喜歡老太婆的傢伙呢。各位，再多想幾秒鐘啊！那些過熟老女人的肌膚鬆垮垮的，水滴到上面不會彈開，會被吸進去啊！還是純真又無邪的少女比較有魅力吧！」

蘿莉控老大這麼一喊，夢魔們便躁動起來。

「這個男人太失禮了吧！要不要把他碎屍萬段啊？」

「成熟的果實比未熟的更可口吧！」

夢魔們向三人組放出了殺氣。

明明被狠狠地瞪著看，三人組卻毫不動搖地冷哼了一聲。

還真有骨氣。

「看見了沒有？老女人就是不夠從容，才會馬上就發脾氣。如果是小孩子，就會笑著說『大叔叔，你們好有趣喔』。你們也明白幼女才更有魅力吧！」

三人組慷慨激昂地說得口沫橫飛，冒險者們卻與他們拉開了距離。

「呃，我們又不是蘿莉控。」

「對啊，我們很正常。」

集團老大的喊話似乎起了反效果，冷靜下來的冒險者們紛紛往夢魔走了過去。

雖然有幾個冒險者和三人組站在同一陣線，但也少掉一大半了。

「同志！你們願意留下來嗎！」

「我充分感受到你那熱切的心意了！」

跟他們產生共鳴的人，腦子應該有問題吧。

「啊，達斯特先生。那些人就是常常指名我服務的常客！」

蘿莉夢魔拍拍我的肩，指著留下來的那群人這麼說。

「原來如此！終於解開我心中的疑惑了！」

難怪他們不會敗給夢魔的誘惑。除了蘿莉夢魔之外，其他夢魔都是前凸後翹的好身材，所

以對不上他們的胃口吧。

這樣事情就好辦了。

「喂，如果你們想與我為敵，從今天開始，我就請夢魔每天都讓你們夢到跟熟女激情纏綿的內容喔。做好心理準備吧！」

「「「真的非常抱歉！」」」

那些人立刻屈服，當場下跪求饒。我把他們丟在一旁，趕緊追上芸芸的腳步。

我都在趕時間了，卻被無聊的小事拖延這麼久。再不快一點，感覺事情就會越來越複雜了。

9

我逼退冒險者們，衝進森林裡之後，就在上次那個老地方碰見了安樂少女。

剛才那些人也就算了，但現在又有一個麻煩的傢伙擋在我的面前。

「達斯特先生！怎麼可以殺害這麼可憐的孩子呢！雖然我之前就覺得你是個人渣敗類，沒想到你居然殘虐到這種地步！」

「喂，妳也說得太難聽了吧！我終——於知道妳平常是怎麼看我的了！」

芸芸淚眼汪汪地為安樂少女叫屈。

我完全猜到事情會演變至此，甚至連驚訝的感覺都沒有。

像芸芸這種容易上當又感情用事的人，就會變成這副德性。

「唉～～妳也覺得這個邊緣少女很好騙吧？」

「…………我不懂你在說什麼。」

安樂少女語氣僵硬地這麼回我。

扭斷嬰兒的手可能還比較難吧。

「這個少女雖然是怪物，卻也為人類帶來了安詳啊！她不過是陪伴尋求安樂死的人們一起度過餘生而已！又沒有做什麼壞事！」

「即使如此，協助自殺也足以構成罪狀了喔。而且她只會殺害真正想尋死的人嗎？在妳看來，剛剛那些笨蛋也是一副想死的樣子嗎？」

「咦？他們平常是都會在酒吧開開心心地嬉鬧啦……但、但是，事實並非如此吧？」

芸芸回過頭，尋求安樂少女的意見。

安樂少女用水汪汪的眼神看向芸芸，彷彿在乞求她的信任一般。那個看似眼淚的東西應該是樹的汁液吧。

「大姊姊覺得我在說謊嗎……妳相信那種一臉放蕩的小混混嗎……」

「沒、沒這回事！我居然會被廢物達斯特先生所騙，真是太愚蠢了！我相信妳，所以不要哭喔！」

芸芸轉身背對我，驚慌失措地拚命安慰她。

比起我這個夥伴，她居然選擇相信怪物，這也太扯了。

雖然還有很多話想說，但我不發一語地走向芸芸的身後，以稍重的力道攻擊她的要害，把她打昏。

「呼咿！」

我絕對不是被剛剛那些話激怒才這麼做的。

我把昏倒在地的芸芸扛到比較遠的地方去。

「你、你在做什麼！咦？你剛剛對女性同伴動手了嗎？」

「因為那傢伙會惹出一堆麻煩，我才把她打暈而已。好啦，現在就剩我們兩個了。」

「咿！你、你想對弱女子做什麼啊！難道你對怪物也來者不拒嗎？不要因為沒有女人緣就失去理智啊！」

「才沒有！而且妳是擬態成小鬼的怪物吧。我跟其他人不一樣，對我求饒也沒用喔。」

雖然外表看似人類，但她的確就是個怪物。

只要知道一切都是她演出來的，我就不會被她影響。

「救、救命啊——！我要被這個渣男大集合侵犯了！」

「誰是渣男大集合啊！妳這樣又哭又叫也沒用啦。那些被妳迷惑的傢伙，現在全都在夢之國度裡跟夢魔打情罵俏呢。」

「咦？夢魔也來了嗎？碰上男人的事情，那些傢伙就翻臉不認人了！」

安樂少女膽顫心驚地環視著周遭。此話並非先前那種口齒不清的稚拙口吻，但她似乎也沒那個心情繼續演戲了。

就像夢魔討厭安樂少女一樣，安樂少女也對夢魔很沒轍。

看這個反應，她應該知道那些冒險者是夢魔的客人吧。這樣我就能使出這一招了。

「居然敢搶夢魔的客人，我看妳死定嘍。要是夢魔追到這裡來，妳會有什麼下場呢？她們應該氣到足以讓妳嚇破膽了吧～～」

「咿咿咿！這、這位帥氣的大哥哥，如果您和她們有點交情，能不能請您幫忙交涉一下，讓她們打消這個念頭呢？」

「這個嘛～～如果妳接受我開出的條件，我倒是可以考慮考慮。」

「只、只要是我能力所及，還請您儘管開口！」

現在不管我說什麼，她應該都會乖乖聽話。

那就先把老大的委託給解決掉吧。

「這樣的話，就先談談妳給我的那些果實吧。妳能不能延長果實的保鮮期限？不然我帶回去之後都乾掉了。」

「啊，原來是這件事啊。只要我稍加調整，保鮮期限可以長達一週喔。您需要幾個呢？最近我正好攝取了很多養分，可以輕輕鬆鬆產出二十個左右呢。」

「……那就給我這麼多吧。」

「好的，悉聽尊便！」

她把從身上長出來的果實一個個拔了下來。過去那種有點痛苦的模樣，如今已經消失無蹤。原來那也是裝出來的啊。

老大先前給了我一個叫作「保冷箱」的魔道具，可以延長食品的保鮮期限，我就把果實全部裝了進去。

「那就再麻煩您說點好話，請她們放我一馬吧。」

「嗯～～這話是什麼意思？」

「咦？我們剛剛不是約好了嗎！你在欺騙我嗎！」

「別說得這麼難聽嘛。我只說會『考慮』讓夢魔不再追究吧？要說欺騙的話，妳也好不到哪裡去啊。只要打倒妳，我還能拿到消滅妳的報酬呢，真是一舉兩得啊。」

我俐落地抽出了劍，步步逼近一臉茫然的安樂少女。

「太、太卑鄙了！變態、人渣、蝨蟲、垃圾、王八蛋！你這男人感覺就從來沒被女孩子喜歡過！枕頭好像還會發出奇怪的臭味！那張臉讓人生理上就無法接受！光是存在本身就極端變態！感覺遲早會對身邊的人犯下罪行！你一定常常聽到這種話吧！」

「給我閉嘴啊啊啊啊啊！」

現出原形的安樂少女劈哩啪啦地罵個不停，而我毫不留情地朝她揮出了劍。

「呼啊啊～～奇怪，我在做什麼……啊啊！那個少女呢！」

這傢伙一醒來就吵個不停。

剛睡醒的芸芸嘴角還流著口水，就一臉驚慌地尋覓著安樂少女的蹤跡，感覺都要把脖子扭斷了。

「我把她幹掉了。」

「咦咦咦咦咦！怎、怎麼會！雖然她是怪物，但你真的把她……你的良心是被狗吃了嗎！虧我最近還對你有些改觀耶！請把之前跟我借的錢全部還來！」

「妳啊……那傢伙可是會欺騙人類，讓人類衰竭而死，在屍體上扎根吸取養分藉以生存喔。妳知道有多少屍體葬送在安樂少女之下嗎？不要隨隨便便就被她的外表跟口氣給騙倒啦，真是的。」

「可是，因為……咦？達斯特先生，有個空酒瓶掉在這裡耶。」

「那是我剛剛為了提前慶祝喝掉的。沒必要待在這裡了，我們走吧。」

我一把拉起還想繼續發牢騷的芸芸，準備回到夢魔那邊去。

「奇怪，這裡的地面怎麼濕濕的？而且達斯特先生身上好像也沒有酒味啊。」

芸芸低頭看向潮濕的地面，並用鼻子嗅了嗅。

「應該是妳剛睡醒，鼻子不靈光吧。」

雖然不知道長眠於安樂少女之下的那些冒險者是不是自願尋死，但就把這瓶酒當作供品，讓他們嚐一嚐吧。

第二章 王都大搜索

1

「和真～～沒事的話要不要去喝一杯啊？當然是你出錢嘍！」

一打開豪宅大門，我便開始尋找和真的蹤影，卻只看見窩在好像叫「暖桌」還什麼的取暖設備中的阿克婭，以及正在撫摸黑貓的爆裂女孩。

「喂，很冷耶，趕快把門關上啦！呃……你是渣斯特嗎？」

「我叫達斯特啦！妳也該記起來了吧！我最近還有跟妳打過照面耶！」

雖然一起冒險過，她也曾幫助我起死回生，但這位宴會祭司還是不記得我叫什麼名字。

我將大門關上，並將腳伸進之前就一直很在意的暖桌裡頭。

「這、這是什麼，太舒服了吧……」

這股慢慢從腳底板暖上來的舒適感，讓我瞬間就不想動了。

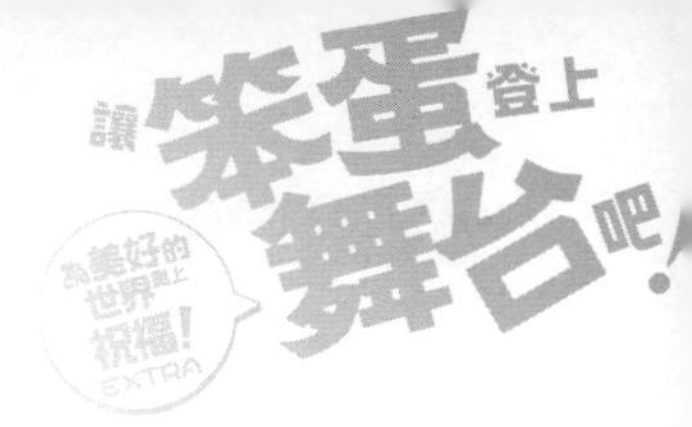

「嘿嘿～～看來你也變成暖桌的俘虜了呢。沒有人可以抵擋這個誘惑喔。」

「啊啊，我受不了了。已經……不行了……」

讓上半身癱在暖桌的桌板上之後，我就覺得一切都無所謂了。

真想這樣耍廢一輩子……

「話說回來，你不是要來找和真的嗎？」

「好像有這麼一回事耶。不過算了，沒差啦。」

現在的我無法抵擋這個暖桌的魔力。我也好想要喔，但應該很貴吧，感覺琳恩會氣呼呼地說「這樣你就會越來越不想工作」。

「這個暖桌是我的地盤，照理說不會讓你這種人進來才對，但如果你說點好玩的事情來聽聽，我倒是可以考慮一下。」

「我聽說這是和真的東西耶。」

「和真的東西就是我的東西啊！夥伴的東西屬於每一個人，但我的東西就只歸我管！」

「哦，我能理解這種想法！」

看我深表同意地點點頭，阿克婭便心花怒放地笑了起來。

「拜託你們不要對這種事達成共識。沒事的話就請你快點回去吧。最近和真似乎被你帶壞了，亂學一些有的沒的，所以你不要跟他走得太近。」

爆裂女孩傻眼地瞪著我。

撇開爆裂魔法和紅魔族特有的奇言異行不談，她還算是個正常人吧。但這個缺點有點嚴重就是了。

「喂喂，別說得這麼難聽啦。我的確有告訴他哪裡可以喝酒，但說到吃喝嫖賭的技術，和真可是比我強多了喔！他在那方面真是個天才啊！」

不知道是吸收新事物的能力很好還是手法高超，和真做任何事情都非常順利。

而且他運氣也不錯，所以連賭博都很有一套。哪像我運氣這麼背，真希望他能分我一點好運。

「所以才更讓人擔心啊……」

「妳是老媽子喔。要是對男人的所作所為處處抱怨的話，會被討厭喔。」

「唔咕！」

可能也發現自己太多嘴了吧，只見爆裂女孩安靜了下來。

很好，這樣我就可以悠悠哉哉地耍廢了。

「喂～～快說點有趣的事情來聽聽啊。我很無聊耶～～」

不要在暖桌裡亂踢啦，這傢伙是小孩子嗎？

我知道她蠻橫又任性，但和真居然每天都要跟這種人打交道，真是辛苦他了。

雖然可以把她的話當耳邊風，但這傢伙一定會卯起來把我趕出去。

「這種事我臨時也講不出來啊。對了，我最近忽然有個疑惑，是不是很多艾莉絲教徒都是小奶啊？教會那些人是如此，就連被和真偷走內褲的盜賊克莉絲，我甚至不知道她到底有沒有胸部耶。所以我在想，是不是有什麼原因才會導致這種現象。」

「聽起來超有趣的嘛！然後呢然後呢！」

比我想像中還要感興趣呢。

阿克西斯教跟艾莉絲教是出了名的水火不容，我早就猜到她會有所反應了，但沒想到這麼感興趣。

「我有跟女神艾莉絲見過一次面，所以可以大膽斷言，那對胸部是墊出來的。如果是自然發育的胸部，即使隔著衣物，也會呈現柔軟的感覺。就是……會有一種躍動感，讓人忍不住想抓上一把。」

「雖然這些形容讓人覺得退避三舍，但無所謂，你繼續說吧。」

「我從那對胸部中感受不到一絲柔嫩與溫暖。雖然肖像畫中的女神艾莉絲有一對豐滿的雙峰，但那根本就是詐欺。艾莉絲教徒可能是心有戚戚焉吧，覺得小一點也沒關係，甚至偽裝成巨乳也會得到寬恕，所以自然而然就會聚集一些小奶的人。」

「原來如此，一定是這樣沒錯！那我只要宣揚加入阿克西斯教胸部就會長大，搞不好就能

把她的信徒搶過來了！我要在下次的阿克西斯教集會中大肆推廣！」

阿克婭認同我的想法，並將手伸了過來，於是我跟她握了握手。

今天進行了如此有意義的對談呢，真是太好了。

「可是，達克妮絲是艾莉絲教的虔誠教徒，她的胸部就很大啊？」

我們都已經達成共識了，爆裂女孩又丟出一個無謂的吐槽。

「凡事總有例外吧。有思維正常的紅魔族，也會有胸部小腦袋又有問題的紅魔族嘛。」

我不禁想起那位不擅長與人相處，邊緣到極點的紅魔族。

「哦，你倒說說是誰胸部小腦袋又有問題啊！」

「等一下，惠惠！不要在豪宅裡爆裂啦！我偷偷藏起來的酒會被消滅耶！」

看到雙眼發紅的惠惠開始詠唱，我做出明智的抉擇，決定走為上策，立刻衝出了豪宅。

逃到安全的地方後，我回過頭去，卻沒看見施放爆裂魔法的跡象。

再怎麼說，她還是會有所克制吧。雖然想多享受一會兒暖桌的魅力，但還是算了，下次有機會再說。

「這下子好了，和真也不在，還真無聊。」

我也沒錢花，所以就在街上晃晃打發時間。這時出現了一個完全符合我喜好的女人。

最近老是跟一些性格鮮明的傢伙相處，偶爾也會想跟普通的女孩子吃個飯。

「久違來搭訕一下吧。畢竟我沒什麼錢，之前又很忙。那個女孩子看起來很老實，就用那招來搭訕看看。」

我推測她會往哪個方向走，並正面朝她走近。

她似乎分神在想其他事情，所以沒有往這個方向看過來。我將身體往旁邊一倒撞上她，接著大動作地摔倒在地。

「你、你沒事吧！」

「好痛啊！剛剛這一撞讓我的腳骨折啦！喂喂，妳要怎麼賠償我啊？」

「咦？可是沒撞得這麼用力吧……」

雖然她心生動搖，沒想到還挺冷靜的。

我再表現得更強硬一點好了。

「這下我沒辦法走路了。妳就請我吃頓飯，當作慰問金吧。」

「咦？你都骨折了耶，只要請你吃飯就行了嗎？」

上鉤啦。先大發牢騷，讓對方深深感受到做錯事的罪惡感，再提出無足輕重的要求，對方允諾的機會就意外地高。

只要再巧妙地接續到下一個話題……

「你這個卑鄙小人！是在做什麼！」

這時忽然傳來一道小鬼的聲音，我回頭望去，只見一個庶民打扮的少女伸手指著我。

光看這樣，應該就只是個富有正義感的小孩子，但情況並非如此。

「這種感覺應該沒錯吧，克萊兒？」

「是的，依麗絲小姐，實在無可挑剔。」

隨侍在側的白套裝短髮女子拍手吹捧那個小鬼。

「妳們不要做這種引人注目的事情啦！」

原來還有一個人啊。那渾身土氣的女孩一身魔法師的打扮，一臉總是勞心費神的模樣。

這三人都是金髮碧眼，難道是貴族嗎？

而且那個跩跩的小鬼好像很眼熟。但我想不起來是在哪裡見過。

「被一群麻煩的傢伙纏上了……」

「是你纏著別人才對吧！竟敢在人來人往的大馬路上做這種不法勾當！只要我這個綴綢盤商之女兩眼翻白之前，就不許你胡作非為！啊，我是藍眼睛，所以這只是個比喻罷了。克萊兒、蕾茵，給這傢伙一點顏色瞧瞧！」

「綴綢盤商是什麼意思啊？」

「綴綢盤商就是綴綢盤商！」

這傢伙不由分說地在講些什麼啊。

那個白套裝女居然也理所當然地拔出了劍！

「等一下！我只是想找她吃飯而已……咦，老大！」

我定睛一看，發現臉上戴著熟悉的面具，身穿燕尾服的老大就站在三人身後。

巴尼爾老大怎麼會跟這三個女孩子在一起啊？

雖然搞不太清楚，但我只能利用這個機會求救了。忤逆貴族可是很麻煩的。

「我只是在搭訕而已！老大，幫我跟這些人解釋一下啦！」

「八兵衛，你認識這個惡霸嗎？」

「不，吾不認識他。」

被安上這個怪異稱呼的巴尼爾老大矢口否認。

緊接著，那個小孩子再次伸手指向我，彷彿要我認清現實似的。

「我要懲治惡人，讓兄長大人對我刮目相看！」

「等、等一下，老大！哪有這樣的啊！喂，可惡！給我走著瞧！」

老大站在對方那一邊，形勢對我不利。如此判斷後，我打算用盡全力逃離現場，但我實在不該只顧著提防老大才對。

名叫克萊兒的那個女人一擊敲中我的要害，我摔倒在地後，又被暴打了一頓。回過神來，我發現自己就身處在那個熟悉的地方——牢房。

「我都開始覺得你不待在牢裡就怪怪的呢……」

「應該是我不在你身邊，你就覺得空虛寂寞了吧？」

我一如往常對獄警耍嘴皮子，他就馬上往鐵柵欄踹了過來。

我也不會因為這點小事就嚇破膽，所以沒理他，逕自躺在地上。

「喂～～午餐還沒好嗎？我已經好幾天沒有好好吃飯了，拜託來點美味又分量十足的食物吧！別忘了還要餐後甜點喔！」

雖然獄警沒搭理我，但只要先丟出這種話，料理的質量多少就會提升一些。這一點我很有把握。

現在也沒事可做了，就先睡一下吧。反正明天就會被放出去了。

2

「真對不起，這個笨蛋老是給各位添麻煩！」

「哈哈哈，妳應該很辛苦吧。」

琳恩在警察署前拚命低頭賠不是，警官看了也不禁露出苦笑。

這畫面還真是一成不變呢。

「多謝關照啦，我會再來光顧的。」

「不要再來了！你當這裡是熟門熟路的餐廳啊！」

「你、也、給、我、低頭道歉！」

琳恩抓住我的後腦勺，逼迫我低下頭去。

要是抵死不從，琳恩就不會再為我擔保了，姑且就乖乖聽話吧。

我和一臉不高興的琳恩並肩走著。這時是不是該誇她一下，讓她心情好一點啊？

「喂喂，要是繃著一張臉，就浪費妳那張漂亮的臉蛋嘍。」

「想拍馬屁的話，就說得更動聽一點好嗎？真是的……唉。這次又是因為什麼事情被抓進去的？」

「有三個金髮妹子妨礙我搭訕，她們突然痛毆我一頓，還叫警察把我帶走。我又沒做什麼壞事。」

我照實敘述事發狀況，結果琳恩皺緊眉頭……瞪著我瞧。

她完全不相信我呢。

「是真的！老大當時也在現場，妳覺得我在說謊的話，就去找他求證啊！」

「老大是指巴尼爾先生吧？我不太會應付那個人耶，感覺做什麼事都會被他看穿。」

或許是靠本能察覺到老大的能力了吧，只見琳恩不悅地皺緊了眉。

老大確實有看透一切的能力，所以她說得也沒錯。

「那就沒辦法啦。除了昨天的事情之外，我還要順便去找他拿之前安樂少女委託案的追加報酬，那就只好我一個人去嘍。」

取款的工作基本上都是由泰勒或琳恩負責，既然這次情況特殊，就只能由我出馬了。

稍微偷拿一點也不會被發現吧。啊，要是拿來當本金賭一把，滾成好幾倍的話，琳恩他們應該會很開心。

我正在思考著要去哪間賭場才好，琳恩就一把抓住我的肩頭。

「那是兩碼子事。把錢放在你和奇斯手邊，就像請女半獸人收留男人一個晚上一樣。我也跟你一起去。」

「妳怎麼這麼不信任我啊。算了，無所謂啦。」

希望老大會替我洗清昨天的冤屈。

就算不相信我說的話，但她應該會接受老大的說詞吧。

「老大，我來拿錢嘍。」

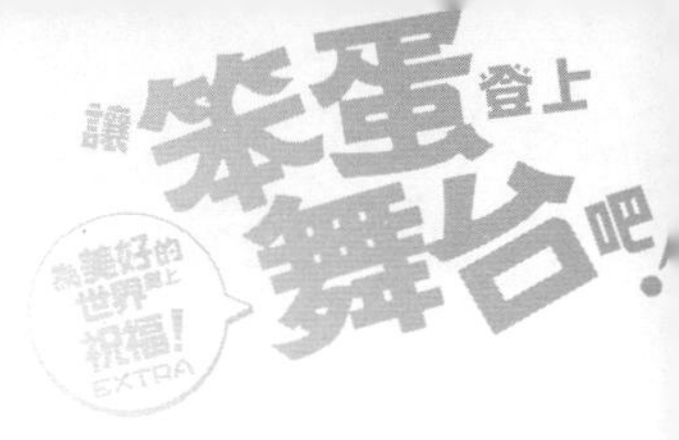

「你說話應該要再更客氣一點吧！」

我一打開常光顧的魔道具店大門，人在店裡的維茲就嚇得渾身一震，怯生生地往這邊看。確認來者是我之後，她便放心地嘆了一口氣。

「什麼嘛，是達斯特先生啊，嚇死我了。你還帶了一位可愛的小姐一起來呢。」

「幸、幸會，我叫琳恩。」

琳恩一反常態，規規矩矩地打了聲招呼。

口氣也變得正經八百的，總覺得她的臉紅了起來。

「喂，妳平常那種暴虐無道的態度到哪去了？」

「你才暴虐無道吧！你不知道嗎？維茲小姐還是冒險者的時候，可是被譽為冰之魔女的超強魔法師耶！甚至有傳說指出她會毫不留情斬殺怪物，還曾單槍匹馬地攻進魔王城喔！」

「我知道她以前是冒險者啦。」

一天到晚都看到她被老大痛罵的淒慘模樣，讓我完全忘了有這麼一回事。

這麼說來，之前和毀滅者戰鬥的時候，她還和爆裂女孩一起放出了爆裂魔法呢。

「那些都是過去的事了。兩位有何貴幹呢？我剛剛還以為是有人要來討債，嚇得膽顫心驚呢。」

「這間店不是因為巴尼爾老大的努力，現在賺了不少錢嗎？」

「是呀，多虧和真先生研發的商品，收入頗豐呢。」

「那何必擔心有人上門討債？」

其實我也不懂被追討債務的那種恐懼感就是了。

只要隨便敷衍一下，讓他們再寬限一陣子就行了。如果他們使出渾身解數逼我還錢，那就反過來給他們好看。

「應該是過去留下來的後遺症吧。畢竟以前經營不善，常常要到處借錢。不過現在巴尼爾先生會替我工作賺錢，讓我很放心呢。」

說著說著，維茲便愉悅地揚起了笑容，讓我瞬間心跳加速。

維茲是個大美女，身材姣好又溫柔婉約，集所有優秀條件於一身。這樣的她怎麼到現在還是單身呢？真是不可思議。

還有那對巨乳，琳恩根本無法與之相比。

「……你幹嘛一臉蠢樣？」

「咕啊！別用手肘攻擊我的側腹啦！」

我伸手揮開琳恩撞過來的手肘。這傢伙吐槽的時候下手就不能輕一點嗎？

不會對她使用暴力，揉一下她的屁股就好了。正當我浮現出這個想法之時……

「廢物回收老闆啊，汝把吾辛苦賺來的業績花到哪裡去了！」

悶悶不樂的老大，打開連接店鋪後方的大門現身了。

跟平常一樣遭受痛斥的老闆，膽怯的眼神四處游移。

「你、你在說什麼啊？」

未免也太不會裝傻了吧。她肯定又做了什麼好事。

看這舉止可疑的樣子，任誰都能明白這一點。

「吾在問汝把賺來的錢花到哪裡去了？限汝在十秒內回答，否則吾就將汝收購至今的廢物連同汝一起埋到土裡。做好心理準備吧。」

「巴尼爾先生，請你冷靜一點。我也不會老是重蹈覆轍啊。」

換作平常，這種時候她就會不小心說出多餘的花費，然後被老大痛扁一頓。但她今天卻以凜然的態度如此回話。

老大似乎也被意料之外的發展弄糊塗了，只見他不發一語地看了回去。

我第一次看到維茲這麼自信滿滿的樣子耶。難道這回真的買到暢銷商品了嗎？

「那就說來聽聽。若能讓吾心服口服，吾向汝謝罪便是。」

「我明白了。看了巴尼爾先生的行事手法，我也學到了一件事，那就是獨自購物便會以失敗收場。但只要與值得信賴的人一起思考後再購買，就萬無一失了……！」

維茲握緊拳頭，說得慷慨激昂。

這個想法很正確呢。證據就是老大也表現出佩服的模樣，頻頻點頭稱是。

「汝終於頓悟了啊。那麼，汝是跟誰一起選購的呢？」

「是的！我是和最近經常光顧的阿克婭大人——」

「化成灰燼吧！」

老大的眼中迸射出詭異的光線後，維茲便冒出陣陣白煙不停痙攣。

也難怪老大會生氣。那個不按牌理出牌的宴會祭司，怎麼可能選出正常的商品啊。

和真也抱怨過她很會亂花錢。

「之前汝也被那個自稱女神的傢伙慫恿，買下了擺明就是詐騙的土地，難道汝忘記了嗎！以後不准再跟她講話了！」

老大雖然罵個不停，但維茲已經失去意識了，無法開口回話。

老大似乎怒氣未消，又拿起掃帚把維茲掃到角落去。

「吶，維茲小姐沒事吧？」

「他們常常這樣啦，別放在心上。」

「常……常常這樣？」

琳恩還不習慣這種場面，躲在我身後瑟瑟發抖。

她應該越來越不想跟老大扯上關係了吧。

「總算把垃圾收拾掉了。好了，汝等是來領取報酬的嘛，收下吧。」

老大把裝滿金幣的袋子扔了過來，為了不讓袋子落地，我一把抓了起來。

就算不確認金額，我相信老大也不會少給一分錢，所以很放心……不對，老大很有可能設計了某種惡作劇，等等還是來確認一下好了。

「這樣就能把賒帳還清了。對了老大，那個減肥食品怎麼樣了？」

「姑且是大功告成了，但有點副作用……汝等來得正好。那位對突出的小腹耿耿於懷的少女啊，吾給汝一些試用品吧？」

「我才沒有耿耿於懷呢！」

琳恩將雙拳往下揮，如此埋怨道。

「妳是因為這樣才只吃沙拉啊？想瘦下來的話，我可以陪妳在床上做點深夜運動啊。」

「『Lightning』！我要炸飛你喔！」

一道雷擊從我的臉頰邊竄過，並從敞開的大門飛了出去。

「不、不要放出魔法之後才警告啊！」

嚇死我了。如果被剛剛那擊打中，我的臉就被轟掉了。

琳恩現在也將魔杖尖端指著我，狠狠地瞪了過來。再繼續鬧下去會很不妙，得趕緊轉移話題才行，否則我的小命就不保了。

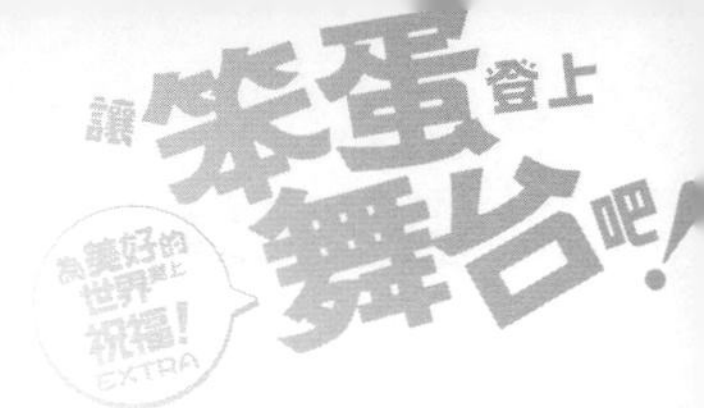

「對、對了，那個減肥食品真的有效嗎？呃，我不是懷疑老大才這麼問啦……」

「會懷疑也是人之常情。既然如此，汝要不要試吃看看？這次就特別免費招待。」

「雖然免費這個詞很吸引人，但你剛剛不是說有副作用嗎？」

巴尼爾老大雙手環胸，抬頭看了看天花板。

不要欲言又止好嗎？這樣讓人很害怕耶。

「吾也不太記得了。沒什麼啦，只會變得神清氣爽，想要越吃越多而已。無須擔心，因為吃再多也不會變胖。」

「真的不用擔心嗎……」

「可是不會變胖這一點很吸引人呢……」

我難以置信地看著有些心動的琳恩。

就算知道這玩意兒很可疑，她還是覺得很有興趣嗎？

「我就免了。銷量可觀的話，就讓我過來幫點忙吧。先這樣嘍，老大再見。」

因為需要的東西已經到手了，於是我打算走人。「等一下。」這時老大卻開口挽留。

他之前也像這樣丟事情給我做對吧。

我心中滿是不祥的預感。既然錢都進帳了，我本來想拿去跟夥伴們好好嗨一下的說。

「別那麼緊張。事情很簡單，沒什麼啦。不要多問，只要幫吾把這個袋子交給站在那邊待

命，臉上有刀疤的黑衣男子就行了。」

「什麼嘛，就這點小事啊。」

「不，太可疑了吧！一聽就覺得這句話不對勁啊！你都不想知道袋子裡頭裝了什麼東西嗎？搞不好會扯上犯罪耶！」

琳恩彷彿被逼急了似的，抓著我用力搖個不停。

一般來說，這種工作不是很輕鬆嗎？

「這是個穩賺不賠的工作，也可以找朋友一起來喔。」

「這是詐騙常用的話術吧！」

「東西有點多，一個人搬應該會很辛苦喔。」

看樣子不是什麼可疑的工作，只是單純需要搬運人手而已。

跟老大細問之後，才知道是維茲之前採購了大量高品質的魔晶石結晶，但這種高價商品在新手村阿克塞爾根本賣不出去，於是就一直堆在倉庫裡，非常礙事。

全部拿來賣的話，存貨又太多了，所以至少清掉一點也好。老大好像想把魔晶石結晶跟維茲收購的其他沒用垃圾集中轉售。

「其實吾很想親力親為，但要是不好好盯著這個笨蛋，天曉得她會做出什麼好事。汝等前往王都的費用全數由吾買帳。」

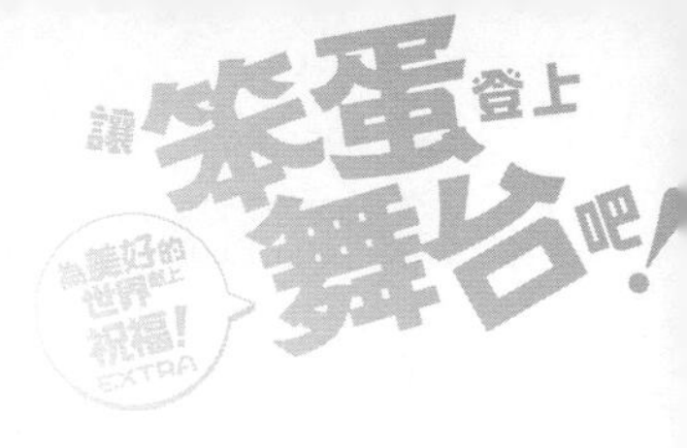

老大這麼說著，並惡狠狠地瞪向倒在店內角落的維茲。

「雖然有點可疑，但這樣的條件還能接受。他似乎會幫我們出瞬間移動的費用呢。」

「啊～～王都啊。那就別把我算進去，你們自己去吧。」

一聽到王都這兩個字，我就毫無幹勁。

我盡可能不想接近貴族群聚之處。我不喜歡貴族，而且也該設想好萬分之一的可能性。

「這樣啊。無須擔心，你不會再與害怕的對象重逢了，這點吾可以保證。」

「我完全聽不懂你在說什麼。」

所以我才說巴尼爾老大很恐怖嘛。他那雙千里眼能看透世間萬物。

我一邊打迷糊仗，並看向其他地方，試圖躲避老大的視線，結果和抬頭緊盯著我的琳恩對上了眼。

「幹嘛，妳愛上我了嗎？」

「巴尼爾先生，我們接下這份委託。達斯特，你也要一起來。」

「要不要接隨便妳，但別把我扯進去啊。」

「你不來的話，我就把這次的報酬全部拿去償還賒帳和借款喔。」

「那我不就一艾莉絲都不剩了嗎！」

不管我如何抱怨，琳恩也不肯妥協，於是我只能心不甘情不願地一起前往王都了。

3

雖然不是立刻啟程，但事隔數日後，琳恩跟老大似乎談妥了委託的細節，我們便動身前往王都。

這陣子常在街上看到那個名叫依麗絲的金髮小鬼，不知為何，她居然跟爆裂女孩還有芸芸處得還不錯。完全搞不懂她們之間是什麼關係。

「哇啊～～這裡就是王都啊。我還是第一次來呢，感覺真的好繁榮喔。」

瞬間移動的光芒消失後，琳恩就一馬當先衝了出去。

她東張西望了一會兒，並發出了讚嘆。

「我也是第一次來，果然跟阿克塞爾截然不同呢。」

「到處都是頂著精緻妝容的時髦女孩耶，真讓人心癢難耐。」

泰勒跟奇斯似乎也是初次來訪，興奮得要命，一副觀光客的模樣。

「你們這些傢伙，以工作為重啦。我們要把貨物搬到指定場所喔。」

我指了指後方，對夥伴們提出忠告。

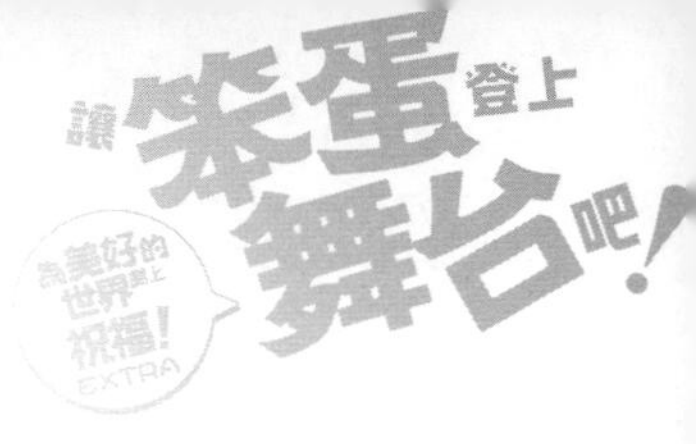

人力拖拉式的推車上頭放了一大堆木箱，今天之內就要將這些貨物交到對方手上才行。

木箱裡頭似乎絕大多數都是形同垃圾的魔道具，所以也沒有半點價值。

「喂，達斯特，你怎麼了，吃壞肚子了嗎？」

「幹嘛裝認真啊，身體不舒服嗎？」

「你果然有點怪怪的耶。」

夥伴們紛紛替我擔心。

「我一本正經地說話有那麼奇怪嗎？」

「「「很奇怪啊。」」」

可惡，居然異口同聲同答。

我偶爾也是會積極進取好嗎……咦？有嗎？我記得有一兩次。應該有吧。當然有啊。

「快點出發吧，想觀光的話之後再說。」

「被達斯特說教的感覺很不爽耶。」

「我懂我懂，總覺得有點火大。」

「讓人不想乖乖聽他的話。」

這些傢伙還真是嘴上不饒人。

就忍一忍吧。我得趕快完成委託，趕快告別這座王都。

「她沒在這裡嗎！」

「非常抱歉，這裡一無所獲！」

後頭傳來一堆人奔跑的腳步聲，我轉頭一看，發現是一群騎士們。領軍的是身穿白套裝的男裝女子——克萊兒，另一個看起來沒什麼福分的，我記得是叫蕾茵吧。是阻撓我搭訕的那些人。

我迅速躲在貨物後頭，靜待他們離開。

那兩人帶著一群騎士慌忙奔馳而去。我望著他們一行人的背影，安心地嘆了口氣。

「居然出動這麼多騎士，是不是有什麼重大案件啊？」

「他們雖然慌慌張張的，但感覺沒有這麼嚴重耶。」

琳恩和泰勒都百思不得其解，但老實說怎樣都好。

「他們好像在找人耶，跑到前面之後就分頭行動了。」

奇斯瞇細雙眼，看著那群騎士跑過去的方向。他大概是在用「千里眼」觀察情況吧。

「怎樣都好吧。先把工作搞定嘍……回句話好嗎，我很認真耶！不要用悲憫可憐之人的眼神看我啦！」

雖然眼淚沒有掉下來，琳恩還是擦了擦眼角，並將手貼上我的額頭，看我有沒有發燒。

「我沒有生病啦！」

「你還是把這個喝了吧。」

泰勒拍拍我的肩膀，並順勢遞出緩解宿醉的藥。

「我也沒有喝醉啊！」

奇斯也跟著想把一張紙遞給我，所以我想揮手拍開，但發現是夢魔店的折價券之後，我還是心懷感激地收下了。

4

夥伴們都在關心我是否身體不適，但他們還是以工作為重迅速完事，因此運送任務很快就搞定了。

他們想去觀光，但我說想先回旅店休息，便和他們分頭行動。

「去街上晃晃也是可以啦，但要是又跟那些人碰頭，那就太麻煩了。」

如果碰上疑似正在尋人的克萊兒跟蕾茵，事情肯定會變得很麻煩。還是在旅店睡覺比較安全。

我打算買點酒跟下酒菜窩回房間裡，於是看了看路上的攤販，這時卻突然被人用力扯了一下。

轉過頭一看，發現是琳恩拉著我的袖子。

「妳沒去觀光啊？」

「我才想問你怎麼會在這裡呢。還說你身體不舒服，那也是騙人的嗎？」

「我只是為了睡個好覺，才出來買點酒菜而已。」

「你啊……唉。算了，我就陪你去買東西吧，下不為例喔。」

琳恩這麼說，彷彿想掩飾些什麼。

雖然她嘴上唸個不停，但還是很擔心我嘛。

「哦，謝啦。那就快點買些好吃的……」

我正想在附近的攤販買東西，結果攤販前面已經有一位客人了。

「這到底是什麼肉啊？竹籤上好像串著我沒看過的肉呢。」

一個金髮小鬼好奇地直盯著肉串看。

我對那個背影跟聲音有點印象呢。喂喂，怎麼會在這種地方碰到她啊。

「小妹妹，這可是將上等肉炙燒成串的昂貴珍品呢。」

「哦，這樣啊。可以給我來一串嗎？」

「謝謝惠顧。哎呀，小妹妹妳的運氣真好，這是最後一份肉串嘍，一串十萬艾莉絲。」

「哇，真是便宜呢。」

這個死大叔，是想誆騙不諳世事的貴族小姐嗎？

對方喊出這麼離譜的價錢，她居然還毫不懷疑地打算掏錢啊？

「那個是巨型蟾蜍肉吧？」

琳恩在我耳邊私語道。

對觀光客和不諳世事的人們大敲竹槓，算是很標準的手法。我也常做這種事，所以沒資格批評就是了。

雖然可以丟著不管，但看到其他人準備輕鬆大賺一筆的樣子，我就一肚子火！

「等一下，大叔，不要敲詐客人嘛。喂，妳也不要這麼輕易就上當啊。」

大叔正打算收錢時，我抓住他的手並狠瞪一眼，他便連忙抽開手堆出假笑。

「哎呀，我又差點被騙了嗎？雖然不知道你是哪一位人士，但非常謝謝你。」

當鞠躬道謝的小鬼抬起頭時，她似乎發現我是誰了，便伸手指著我說道：

「你是當時那位犯罪者嗎？」

「犯罪者……」

聽到小鬼說的這句話，在我身旁的琳恩投來了刺人的視線。

「我說過那是誤會了吧！」

「除了犯罪行為之外，你還讓招募團員的每個人期望落空，這一點也不可原諒。」

「那也是妳們擅自誤解了啦！」

雖然她鼓起雙頰對我發飆，但我根本沒有做錯事。

這傢伙和爆裂女孩還有芸芸常常玩在一起，當時她好像想壯大那個團體的規模，所以我和她們起了一點糾紛。

「我當時怎麼會把這種人誤認成他呢……太大意了，對那位男士真是無比失敬。」

「妳應該先跟我道歉吧。」

她一臉疑惑地歪過了頭，彷彿在說為何要道歉似的。

「吶，這個小女孩是誰啊？」

「就是妳之前到警察署接我回去的那件事啦。這個小鬼叫依麗絲，她當時誤會了，還教唆白套裝女扁了我一頓。」

「原來如此。這小子好像給妳添麻煩了呢，真是對不起。」

「別這麼說，那時候我才有失禮節。」

兩人同時低下頭向對方賠罪。

這種溫和的口氣，跟和我說話的時候截然不同。

「有一點我不太明白。妳剛剛說之前把這傢伙跟哪位男士搞錯，請問是指誰呢？」

「是在貴族界小有名氣的某位前貴族喔。他是鄰國的優秀騎士，當時可是以最年少之姿被選為稀有職業龍騎士呢。只要他手持長槍，那技藝可謂王國之冠。不僅如此，聽說他英俊瀟灑又為人耿直，宛如騎士的榜樣呢。」

我看著說得一臉陶醉的依麗絲，一邊摳鼻屎。

琳恩雖然面向依麗絲，眼神卻緊盯著我不放。

「我之前也聽過這個傳言呢。」

之前跟龍交手過後，芸芸也針對此事說得口沫橫飛。

「妳也聽說過嗎！聽說那位騎士明明過得一帆風順，卻毅然決然拋下地位與名聲，為了替早有婚約的公主實現心願，便帶著公主乘上龍的背脊，飛出國境……」

這小鬼說得滔滔不絕呢。

「綁架公主啊。他之後有要求贖金嗎？」

「並沒有！他明白這段戀情不會有結果，卻還是完成了公主的願望，即使只有一刻也好，他也想與公主以戀人的身分攜手共度！我覺得一定是這樣沒錯！」

我不懂她為何要這麼入戲，但這的確是充滿夢想的一樁佳話。

另外，從剛剛開始就一直瞪著我不放的琳恩，也讓我在意得不得了。

「如果真有其事，那位騎士就像故事裡的主角一樣呢。」

「對吧！做好自己的立場會變得岌岌可危的覺悟，為了真愛浪跡天涯！每一個女生都會對這種情境心懷憧憬！總有一天，我也會……」

依麗絲望著天空，眼中閃爍著光芒，她的表情就像墜入情網的少女一般。

光聽她這番話，我的背都開始癢起來了。

「哦～那位帥氣龍騎士最後的下場是如何呢？」

「他被遣返之後，雖然保住了性命，卻被褫奪貴族之位。據說現在以冒險者的身分在阿克塞爾生活……」

「所以才會把帥氣又耿直的我誤認成那個人啊。」

「不，只因為你是金髮的男性這點。」

別說得這麼斬釘截鐵嘛。

「嗯～但我還是有點懷疑耶。我記得你的名字是……渣斯特先生嗎？」

「是達斯特啦！你們這些人為什麼都會搞錯別人的名字啊！」

「真是抱歉。達斯特先生現在雖然習慣用劍，但原本是用別的武器吧？我自幼就以武藝為興，多少具備一定程度的知識。不管怎麼看，我都覺得你的運步方式很像曾經以長槍為主要武器的那種人。」

她將視線投向我，彷彿要把我全身上下都翻弄一遍似的。

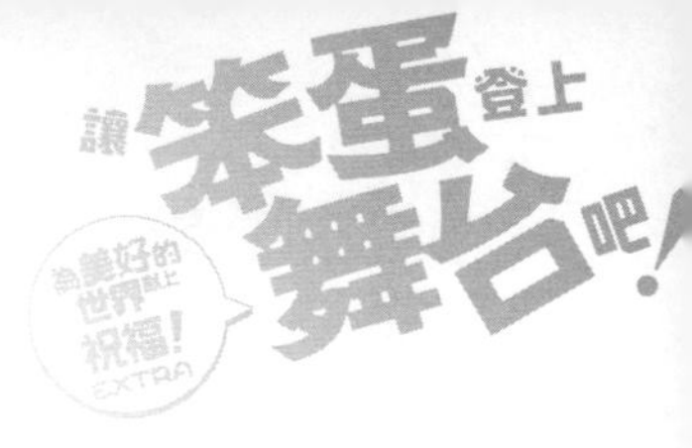

雖然我喜歡盯著女人看，但不喜歡被女人盯著看啊。

還有，別在琳恩面前講那些多餘的話啦。她那充滿懷疑的眼神越來越刺人了。

「雙腿之間的長槍吧。」

「長槍啊……我知道了，大概是因為我很常使用雙腿之間的長槍吧。」

「雙腿之間的長槍？那種地方可以藏匿武器嗎？」

「笨蛋！你在小孩子面前胡說什麼啊！」

依麗絲歪著頭陷入長考，而琳恩在一旁氣個半死。

這傢伙……聽不懂黃色笑話耶。雖然是個小鬼，但她到底是生活在多純潔的世界中啊？

如果是達克妮絲，她就會馬上聽懂，還會略感興奮地痛罵我一頓呢。

這個小鬼才是正常貴族該有的樣子吧，我身邊的貴族全是一群怪胎。

「關於那位原先是騎士身分的龍騎士，妳可以說得更詳細一點嗎？」

「當然可以呀，大姊姊！……奇怪，我們是不是在哪裡見過面呢？」

「咦？應該是第一次見面喔。」

兩人互相凝視著對方。

她對琳恩的臉有印象就代表……在事情變得更複雜之前，還是把她們分開來比較好。

「是說，聊夠了吧，我想回旅店了耶。」

「等一下，我還在跟這個孩子講話。還是說，我打聽那位龍騎士的事情，對你來說不太方便？」

「是不會啦……」

琳恩意外地執著呢。依麗絲也還沒說夠似的，興高采烈地繼續說了下去。

「那我就從頭開始細講嘍。這位鄰國的下級貴族少年，在王……貴族之間非常有名，以最年少之姿接下了龍騎士這個超稀有職業。那個少年擔任龍騎士時便展現出精湛的才能，而且打從出生以來，他就深受龍族喜愛……」

依麗絲又把剛剛講過的事蹟拿出來講。我心不在焉地聽著，並觀察兩人的反應。

或許是說過無數次了，只見依麗絲說得滔滔不絕，流暢無比，而琳恩也全神貫注地聽。

她好像對這個過度渲染的故事聽得入神，但到底哪裡有趣了？

「廣受眾人愛戴，甚至還有粉絲俱樂部，為人耿直又謹慎的騎士……與心懷戀慕的公主浪跡天涯啊。」

「不覺得這故事超棒的嗎！」

琳恩毫不掩飾地表現出狐疑的神情，依麗絲卻恰恰相反。她一雙眼閃閃發亮，顯得興奮不已。

對天真爛漫的孩子來說，確實是很美滿的故事呢。

「哈！這種男人真讓人討厭呢。真要說的話，我對貴族本來就沒什麼好印象啦。像是看到

敵人就會衝上前去，挨揍後只會興奮不已的女騎士，還有想對那個女騎士伸出鹹豬手的品味低劣的領主。也有看到我就會性興奮，拚命倒貼過來的人喔。」

最可怕的就是最後那一位。原先還誤以為他喜歡琳恩，其實是對我有好感的貴族……男子。

當時真的太慘了。我寶貴的後庭差點就要被破門而入，最後總算逃過一劫……現在光想到這件事，就讓我渾身發冷。

看到我露出真心嫌棄的神情，深感同情的琳恩溫柔地將手搭上了我的肩膀。

我記得當時妳跟和真完全沒有對我伸出援手，直接離開現場了喔。

「怎麼可能會有那種貴族，請你不要出言侮辱！」

「他說的都是事實啦……」

琳恩用依麗絲聽不見的音量低喃道。

「妳真是不食人間煙火啊。這個世道跟安全豪宅之中的世界截然不同喔。廣闊的世界可是更加混沌，自己的常識完全派不上用場呢。」

外面的世界比想像中更加廣闊有趣。

在掩去一切髒汙的環境中，受到悉心呵護長大的千金小姐，想必無法體會吧。

「嗚、嗚～～兄長大人也對我說過這種話。但我就是為了克服這種不諳世事的缺點，才會離家出走到街上來閒晃嘛！……啊。」

雖然她連忙摀住自己的嘴巴，但為時已晚。

她果然是離家出走的貴族啊。

「那個白套裝女……是叫克萊兒嗎？他們在找的人就是妳啊。」

「你是說在街上跑來跑去的那些騎士嗎？」

「你們見過面了嗎！該不會是要把我抓回去吧！」

依麗絲神情膽怯地後退了幾步。

這下疑惑就轉為確信了。他們在找的人就是她。

「我們只是在大馬路上看到他們而已。不對，等一下，既然出動了大批人馬搜索，就表示把她抓去交差，可以拿到一筆謝禮嘍？」

既然有這麼多騎士願意服從，這個貴族的家產肯定多到數不清。

看那個叫克萊兒的女人那麼拚命的模樣，謝禮應該值得期待。

「我改變心意了，我會把妳護送回家。不好意思喔，乖乖變成我的酒錢吧。」

「錢是無所謂，妳的家人應該很擔心吧。我覺得回家比較好喔。」

我跟琳恩向她如此勸說，她卻遲遲不肯點頭答應。

「請兩位饒了我吧。我才剛逃出來，還沒開始閒晃呢。這個戒指是我從金庫帶出來的，原本是打算拿去典當換錢來用，但如果兩位願意放我一馬，我就把戒指送給你們！」

「大小姐，請您儘管吩咐。」

我執起依麗絲的手，畢恭畢敬地跪了下來。

看到這個碩大寶石熠熠生輝的戒指，任誰都會選擇臣服。

喂，琳恩，不要用藐視的眼神看著我好嗎？

5

「那兩位是情侶吧，有點羨慕呢。」

我往依麗絲看去的方向進行確認，發現有個濃妝女子挽著一個肥胖男子的手，不知在說些什麼。

男人笑得一臉愉悅，就這樣被女子帶進店裡頭去。

「那只是把男人拐進可疑的酒店而已，大小姐。」

「可疑的酒店？」

「先在店門口物色看似有錢又色瞇瞇的男人。找到理想目標之後，就把身體貼上去，讓男人失去冷靜的判斷能力，再把他們騙進店裡。最後再把他們身上的錢財搜刮一空。」

「他已經碰過很多次了，應該不會有錯。」

不要亂吐槽啦。

我每次都會提防不要上當受騙，但酒喝下肚之後，判斷力就會直線下降。

「原來是這種營運方式啊。我也必須警告兄長大人，要他多加注意才行。」

雖然不知道依麗絲口中的兄長大人是誰，但就算被人警告，會上當的人還是會上當。她太小看男人的色慾之心了。

「入場費一萬艾莉絲的畫展門票，只有現在！只有現在免費贈送！店內正在舉辦個展，請各位隨意入內參觀。」

「畫展門票免費贈送啊。真是划算，我們進去看看吧。」

依麗絲糊里糊塗地準備走向在路邊拉客的女子，我連忙抓住她的肩膀制止。

「那是陷阱。」

「陷阱？」

「那種小規模的個展門票不可能賣到一萬艾莉絲。人類碰上『划算』或『免費』這種詞彙就沒轍了。被騙進去之後，下場就是被迫買下裝飾在店內的高額畫作。」

「好巧妙的手法啊。這樣不是犯罪行為嗎？是就必須跟父親大人談談了呢。」

「沒用啦。客人是自願走進店裡，單純被推銷商品而已喔。在這個世界上，錯的都是受騙的那一方。」

「唔……嗯～可是……」

她真的很天真耶。

純真也不是什麼壞事，但感覺她遲早會被壞男人騙。

「妳們在這裡等一下。」

這種說再多也聽不懂的人，實際示範一次給她看比較快。

負責招攬客人的那個女人很熟練呢。

看似在向每一個行人搭話，其實是在尋找容易攻陷的肥羊。

我直接走向那個女人。

「嗨，小姐，那個入場券真的是免費贈送嗎？」

「當然嘍！現在的話……原本一萬艾莉絲的票就免費招待。」

那張諂媚的笑容，在看到我的那一瞬間便消失無蹤。她大概立刻就判斷出我不是個理想的獵物吧。

「這個沒有期限啊，那給我一張吧。」

「不好意思～～您看起來不太像對繪畫有興趣的人呢。」

「啊？妳不要以貌取人喔。我確實是一點興趣也沒有啦！不過，把原先要價一萬艾莉絲的門票拿去變賣，應該也會有五千艾莉絲吧？」

我故意講得很大聲，好讓路上行人聽見。

「咦？不，等一下，這票是禁止轉賣的……」

女子陷入慌亂，並試圖和我保持距離，但我不會讓她如願。這種在灰色地帶進行買賣的傢伙就是欺善怕惡，我要讓她付出應有的代價。

之後我們順利地進行交涉，從淚眼汪汪的女子那裡得到茶點和放了現金的信封袋之後，她就把我趕走了。

「大概就是這種感覺啦。要吃點心嗎？」

我拿著戰利品得意洋洋地走回來之後，兩人立刻和我拉開了距離。

「那個人為什麼在哭呢……」

「你真的是個大壞蛋耶。」

「我只是叫她把入場券交出來而已，是她自己要給我這些東西的耶。這種程度的交涉，在阿克塞爾是家常便飯啦。王都的人太好對付了。」

如果在阿克塞爾上演同樣的戲碼，店員會使出全力把我攆走。

再說了，這種買賣方式在那個城鎮根本不管用。一聽到免費贈送，居民就會一擁而上，對

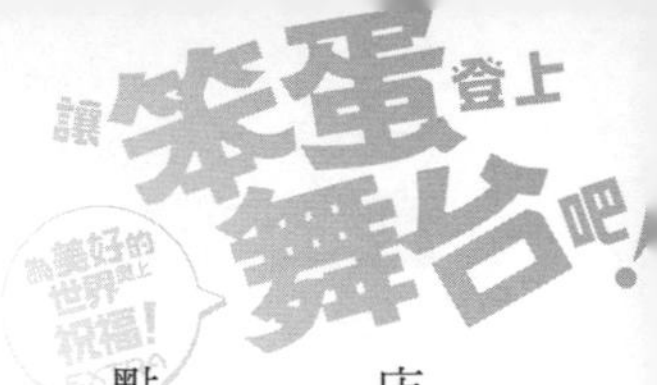

店內擺飾的畫作指指點點，不然就是拚命殺價，店家只會血本無歸。

阿克塞爾的居民就是這麼狂。

「不過，你對這種事情也很了解呢。對我沒見識過的事物瞭若指掌這一點，跟兄長大人有點相似。」

「居然被說很像達斯特，妳哥哥好可憐喔。」

跟我有點相似的兄長大人是吧，他想必是個好男人，這也是理所當然。

那個兄長大人跟她不一樣，很懂得世間常理啊。

少囉嗦。

「話說回來，我們只是在街上到處閒晃而已，這樣很開心嗎？」

「是的，我非常開心。像這樣以普通女孩子的身分隨意逛街，真的很快樂。」

依麗絲無憂無慮的笑容，讓我跟琳恩都不禁看得出神。

「哦、哦哦～～那真是太好了。」

「幹嘛害羞啊，真不像你～～」

琳恩將拳頭抵上我的胸膛轉呀轉的，我揮手一把拍開。

「自由是無價的。無須在意他人目光，自由自在地生活。兄長大人想必也是這樣度過每一天吧。」

如此低喃的依麗絲，身影和那一位重疊了。

雖然那一位老是恣意妄為，讓人傷透了腦筋，但也和依麗絲一樣渴望自由。

——難不成依麗絲也是……

我看著和琳恩一起開開心心地逛著路邊攤的依麗絲，忍不住想起了過去的事情。

……不行。這兩個人兜在一起，對我來說不是一件好事。

「大小姐啊，我們該回去了吧。我會送妳到家門口，就當作是戒指的回禮。」

太陽西沉了大半，周遭也開始暗下來了，正好可以結束一天的行程。

「我還不想回去。為了不讓我逃家，最近警備更森嚴了，所以這種機會非常難得。」

「原來妳是慣犯啊。」

「平常頭目大人會協助我逃家，但她最近似乎很忙，所以我就自己努力嘗試了一番。兄長大人也傳授我很多知識，我也變得越來越精明了。不過，克萊兒越來越常無奈地說『那個男人會帶壞您！您絕對不能再接近他了！』。」

明明是依麗絲的哥哥，卻被說成這副德性。

難道她跟那位兄長大人是貴族界常見的同父異母的兄妹關係嗎？哥哥的母親是地位較低的小妾之類……不過這也跟我無關啦。

我已經不想再繼續當保母了。她跟那一位的外貌和個性分明截然不同，我的腦海中卻不斷

浮現出那道身影。

而且，我一直對依麗絲的長相耿耿於懷。

——如今我已經知道她的真實身分了。依麗絲也只是個假名吧。

「話說回來，渣……達斯特先生。」

「妳差點說出渣斯特對吧？」

「我聽不懂你在說什麼呢。達斯特先生的髮色雖然有些黯淡，卻是一頭金髮耶。」

這傢伙還不想被我送回家，所以就把話題丟回我身上了是吧。

「那又如何？有些人不是貴族，也有一頭金髮啊。」

「話是沒錯。聽說那位龍騎士也有著金髮碧眼這個貴族的象徵呢……」

說著說著，依麗絲像是在思考些什麼，便用雙手捧著我的臉頰，迅速將臉貼近，直盯著我瞧。

「等等，妳在幹嘛啊！」

「不好意思。你的眼睛果然是紅色呢，看來是我誤會了。抱歉，達斯特先生。」

「妳明白就好。」

依麗絲將手放開，並深深地低頭鞠躬。

能達成共識是很好啦，但周遭已經完全暗下來了。

「真的該回去了，否則會闖出大禍——」

「找到啦啊啊啊啊——！把那個一看就像罪犯的男人抓起來！要是他拒捕，動手斬了他也沒關係！」

有群人高聲大吼地從前方衝了過來，揮劍跑在最前面的人就是那個白套裝女。

看她氣成那個樣子，應該沒心情聽我辯解吧。

「可惡！別啦，大小姐！妳要幫我解釋這只是一場誤會喔！」

「啊，達斯特先生……還有女朋友小姐，今天真的很謝謝你們！」

「我不是他的女朋友！」

在這邊被逮到的話就小命不保了，我迅速做出判斷後，便轉身背向揮揮手向我們道謝的依麗絲，和琳恩一起全力奔逃。

別以為你們追得上我這雙每天訓練有素的飛毛腿！

從王都回來之後，又過了幾天。

我原本想把依麗絲給我的戒指拿去變賣，但上頭似乎刻有王族的家徽，每間店都不肯收購。因為變賣不成，我就一直留在手邊。

那個小鬼果然就是這個國家的第一王女愛麗絲。

「真是暴殄天物。」

把這東西拿來炫耀也很危險，我也不知道該拿它怎麼辦。

下次有機會見面的話，再問問她能不能換成現金給我吧。但我再也不想踏進王都一步，所以往後也不會再見面了吧。

「呼啊啊啊，好閒啊。」

我打了個大呵欠，在床上伸了個懶腰。

從老大那邊拿到的錢也快要見底了，去接點委託好了。

我猜想夥伴們應該也在公會裡，於是久違地到公會露個臉，結果看到身穿白套裝的短髮女子以一身格格不入的打扮，用殺氣騰騰的眼神死瞪著四周的人們。

我迅速轉了半圈，背對公會準備走人。

「那一位就是達斯特先生。」

一聽到露娜把我的名字告訴某個人，兩道急促奔馳的腳步聲就衝了過來。

……啊啊，好想逃啊。

第三章 和護衛們踏上冒險之旅

1

「你有沒有在聽啊，渣斯特！」

一身白套裝的短髮女子借酒裝瘋，纏著我不放。

「她在叫你喔，渣斯特先生。」

「混帳，我要假借撞倒妳的名義狂揉那可憐的小胸部喔！」

連琳恩都跟著克萊兒用奇怪的名字叫我，所以我先警告她一聲。

是說，為什麼連琳恩都跟著開喝啊？

「克萊兒小姐，請妳小聲一點！這樣太難看了！」

在一旁驚慌失措的人，是看似魔法師的不起眼女孩。

這兩個人在公會裡打聽我的下落，為了從她們口中得知詳情，我就點了酒來喝。結果克萊兒一邊抱怨一邊喝酒，就成了這副德性。

不知何時，琳恩也坐在我身旁一起聽克萊兒吐苦水。

「她以前是那麼惹人憐愛，天真無邪，甚至會讓人誤以為她是天使或妖精……不過現在也是美麗又堅強，超級可愛就是了！」

這傢伙從剛剛開始就一直狂講依麗絲的事情，話題根本毫無進展。

「最近依麗絲小姐受那個男人荼毒，被他帶壞了。她變得頑皮又任性，還學了一些有的沒的，老是趁我們不注意的時候偷溜出去……這種純真的地方也很可愛就是了。但最重要的是，她居然還稱呼那個男人『兄長大人』！我不能接受！」

「而且脫逃的手段還變得日益高超呢。」

兩人同時嘆了口大氣。

照她們的說法看來，這位兄長大人應該跟依麗絲沒有血緣關係，而是用來稱呼她所欽佩的某個人。

關係親密到會被公主敬稱為兄長大人啊，這樣克萊兒當然會傷透腦筋了。

「我第一次見到依麗絲小姐的時候，也是對她愛理不理的，但也不能怪我啊！我本來是想成為傑帝斯殿下的教育專員……」

「啊啊！妳是指依麗絲小姐的哥哥吧！大家都說他跟傑帝斯殿下很像呢！」

克萊兒爆出了驚天動地的內幕，不起眼女孩連忙大聲應和，想要帶過這個話題。

「傑帝斯是貝爾澤格王國的第一王子吧。我聽說他現在也活躍於前線，而且很帥。」

「哼，長得帥又是王子，還武功高強是吧。啊～～真是夠了。」

「你不要鬧彆扭嘛。」

我板著一張臉，琳恩則是戳了戳我的臉頰。

不知道這傢伙是不是一樣遇到帥哥就投降了？說到底，我也不懂琳恩到底對戀愛有沒有興趣。

這麼說來，除了之前誤會她被貴族猛追以外，我從沒聽說過她的戀愛話題。

「但我還是敗在她那純潔無瑕的可愛個性之下！沒有她，我就活不下去了！」

要大講特講是無所謂，但克萊兒一直爆出危險發言，周圍聽到的人們都用關懷可憐之人的眼神看向這裡。

「所以妳們找我是要幹嘛？」

「其實愛……咳嗯！我真的、真的只是稍微罵了一下依麗絲小姐最近的行徑，要她不准再接近那個男人。結果她就跟我鬧脾氣，還不肯跟我說話……不是這樣吧啊啊啊啊！我都是為她好啊啊啊！」

說到這裡，克萊兒便將手上的酒杯往桌面一敲，接著就將額頭貼到桌上放聲大哭。這傢伙是喝酒就會哭喔。

「才喝不到半杯耶，她酒量太差了吧。」

不起眼女孩摸著痛哭的克萊兒的背安撫她……是說她叫什麼名字啊？

「呃……不是穿白套裝的這位小姐。」

「我叫蕾茵……我果然很不起眼又沒存在感吧。」

她用生無可戀的表情望向地面，口中喃喃自語。

「抱歉啦。結果妳們究竟是來幹嘛的？」

「其實依麗絲小姐一直很嚮往冒險生活，之前就說過想體驗一次看看。和那幾位共同生活過後，她對冒險者的憧憬似乎越來越強烈。因此我們認為，應該先親身經歷冒險者的活動，理解箇中意義之後，再邀請依麗絲小姐出發冒險，或許就能哄她開心了。」

「沒錯！王都時時刻刻都面臨著魔王軍可能會攻打過來的處境，實在太危險了。所以我們才會跑來這種全是菜鳥冒險者的鄉下地方啦！」

克萊兒大聲喊出瞧不起阿克塞爾的言詞，周遭的冒險者們紛紛報以冰冷的視線。

喝得醉醺醺的克萊兒沒發現這件事，但蕾茵卻急忙起身，向周遭眾人低頭賠罪。

「妳很不像貴族耶。」

「就是說啊。雖然達克妮絲是例外，但貴族應該要更囂張跋扈才對吧。像阿爾達普就很誇張。」

一般貴族才不會輕易對庶民低下頭呢。

「這個嘛，雖然我姑且算是一名貴族，但我們這個小家族的階級很低，遠遠不及克萊兒小姐的詩芳尼亞家族和達斯堤尼斯家族。因此，如果各位願意用輕鬆的態度與我相處，我會很開心。」

蕾茵似乎是個明理的貴族。

克萊兒就是那種沒常識又傲慢無比的典型貴族大人。

「不過我對這件事沒什麼興趣。聽說冒險過程十分危險，我們又怎麼能讓依麗絲小姐暴露在危險之下呢？」

也就是說，克萊兒一心想討好依麗絲，但蕾茵則不然。

「我本來是想拜託那個長得很帥的御劍先生啦！但我到處都找遍了，都只遇到一堆散漫又髒兮兮的冒險者，根本找不到他，都束手無策了啦！」

這傢伙真的是滿嘴廢話耶。差不多該讓這個醉漢閉嘴了，周遭的人們都一副心浮氣躁的樣子。

「那個金髮女是怎樣啊？既然是金髮，就表示她是貴族嗎！……貴族啊～」

「是喔，她是貴族啊？原來如此，那就沒辦法了……」

「前領主阿爾達普是那副德性，拉拉蒂娜也是那種鬼樣子。貴族都是一群怪人嘛……」

發現克萊兒的貴族身分後，冒險者們的怒氣頓時消散了，似乎認為對她發怒是一件蠢事。

拜達克妮絲平常的奇言異行和阿爾達普的卑鄙行為所賜，貴族在這城鎮早就名譽掃地。

「你最近是不是跟貴族很有緣啊？」

「全是些狗屁倒灶的事情！」

我以前就對貴族沒什麼好印象了，來到阿克塞爾之後，才發現貴族根本就是變態怪咖的大集合。

我知道眼前這兩位算是相對正常的貴族，但我還是盡可能不想跟貴族扯上關係。

「克萊兒小姐，求求妳別再說了！真的非常抱歉！」

蕾茵一道歉，所有人都揮揮手，要她別放在心上。

這個女孩真是勞心費神啊。畢竟她就一副不起眼又命苦的樣子嘛。

「呃，也就是說，如果找不到御劍先生，在這個城鎮中和我們熟識的冒險者，也就只有那位先生了。」

「那位先生是誰啊？」

「就是先前和我們……呃，接觸過滿多次的人。但是他的品行有點問題，所以絕對不能讓依麗絲小姐接近他。」

她拐彎抹角地這麼說。

看來她們之前跟那個冒險者鬧得不太愉快。

「雖然情況一籌莫展，但依麗絲小姐說過，她在這個城鎮和一個紅魔族女孩處得不錯。我們想起這件事，便向那位小姐詢問，結果她說一定要找個認識的人來陪她，否則她會很不安……」

聽她這麼說，我就猜到是誰了。

「所以她才一直往我們這裡看啊。」

我循著琳恩的視線望去，就看見芸芸坐在離我們稍遠的地方，從剛剛開始就一直往這裡偷瞄。我招招手把她叫過來。

「妳幹嘛把我扯進來？」

「不是這樣！我去向惠惠跟和真先生說了這件事情之後，他們異口同聲說『唯獨這件事饒了我吧！』還下跪磕頭。除此之外我只認識達斯特先生，才會心不甘情不願……」

就因為這傢伙老是耍孤僻，不擅長跟別人相處，所以我就被扯進來了。

不過，原來和真他們這麼不擅長應付這些人，甚至到了下跪磕頭的地步啊。

和真還在酒席上自吹自擂，說他前陣子去王都的時候跟公主變成好朋友……呃，怎麼可能啊，再怎麼說也太離譜了。

不管怎麼說，我還是不想跟王公貴族有所牽扯。

「不好意思，要是我這種人跟貴族一起行動，禮儀規矩方面應該會產生很多問題吧？」

「這點請你放心。冒險期間無須在意我們的身分地位，把我們當一般民眾對待就好。」

「妳或許可以容忍，但那傢伙可能沒辦法喔。」

如果我用朋友之間說話的方式，或是講出有點冒犯的話語，蕾茵應該會笑著原諒我吧。但醉倒在那裡的克萊兒一定會對我大呼小叫。

「我想應該沒問題。只要是為了依麗絲小姐，克萊兒小姐可以忍氣吞聲。而且她最近常和那位先生相處，即使有些冒犯或放肆，我認為她也會聽聽就算了。」

聽她說得這麼有自信，讓我越來越在意那位先生是何方神聖了。

灌輸依麗絲沒必要的資訊，教她一些負面的知識，既沒禮貌又恣意妄為啊。

而且依麗絲還對他十分仰慕，甚至喊他兄長大人……完全無法想像會是什麼樣的人。

「幫助妳們的話，我們會有什麼好處？」

「我們會支付豐厚的報酬。這樣不行嗎？」

錢啊。這些人應該揮金如土，看來報酬金額值得期待。

「我也知道你討厭貴族，但你現在欠了一屁股債，就接下這個工作吧。」

「達斯特先生，反正你閒著沒事也沒錢吧，那就接下委託啊。不覺得她們很可憐嗎！」

琳恩和芸芸都這麼說，但我該如何是好呢……

芸芸之所以會這麼積極，大概是對孤僻的她來說，依麗絲算是非常珍貴的朋友吧。

……過去好幾次都受她關照了。偶爾替芸芸效勞一下，也不會遭天譴吧。

而且，既然這次依麗絲不會參與，事情應該就不會鬧大了。

「我知道了啦，就接下這份委託吧，反正我也沒錢嘛。」

2

幾天後，我在公會前等待出發冒險的成員。芸芸第一個到。

「咦？達斯特先生怎麼會比約定時間還早到！咦？還是我搞錯了，其實是約半天前？」

「我早一點到不行喔。」

「你怎麼了？是不是哪裡不舒服？」

這傢伙是真的在擔心我。

就算我是遲到慣犯，但她也太驚訝了吧。

「只是因為昨天貴族姊姊們請客，我就喝開了，回過神來就發現自己在這邊醒過來而已。

別管這些了，妳幹嘛現在就來啊，離約好的時間還早得很耶。」

「讓其他人等自己不是很失禮嗎？我跟達斯特先生不一樣，都會比約定時間早一個小時到喔！」

雖然嘴上這麼說，反正她只是因為要跟很多人一起冒險，興奮到無法冷靜而已吧。

「我之前也唸過妳行李帶太多了吧。我們只是一日來回喔。」

「世事難預料啊。我帶了替換衣物、零食還有──啊，對了，維茲小姐還給了我一些賣剩的魔道具喔。她說原本是兩個，但其中一個壞了，剩下的也賣不出去。呃，我放到哪裡去了？」

芸芸把巨大的背包放在地上，並把手伸進包包拿出一大堆行李。到底放了多少東西啊？

「反正我也沒興趣，不用拿給我看啦。時間差不多了……啥？喂，妳在這裡幹嘛？」

「我也會跟你一起接下委託。要是我不在，就怕你會在貴族面前出盡洋相。」

琳恩悶悶不樂地走了過來。她之前還說暫時不想接工作呢。

「琳恩小姐也會加入嗎！太好了～我還擔心沒有人可以照顧達斯特先生呢。」

「如果這傢伙亂搞一通，廢話不多說，用魔法轟他就對了。」

「不要隨隨便便教她這種恐怖的事情！這傢伙是紅魔族，魔法威力不是蓋的耶！」

兩人把我的控訴當耳邊風。有認識的人隨行似乎讓芸芸很開心，只見她拉著琳恩的手表示歡迎。

我深刻地體會到多說無益，索性就閉上嘴巴了。

「唉～我還真是毫無信用可言。不說這些了，另外兩個呢……哦，來了。」

克萊兒和蕾茵一起走了過來。

「今天就有勞你們了。」

「請各位多多指教。」

雖然克萊兒表現得抬頭挺胸，但蕾茵彬彬有禮地深深一鞠躬。

蕾茵帶著魔杖和誇張的戒指。因為身穿長袍，姑且有點冒險者的風範。但穿著白套裝的克萊兒只帶了一把佩劍，連盔甲也沒穿。

難道她要用這身裝備擔任小隊先鋒嗎？

「我才要請妳們多多指教！」

「我也會助各位一臂之力，請多指教。」

「那就拜託妳們啦。」

芸芸還是一如既往，拚命點頭哈腰。

琳恩可能是在貴族面前的關係吧，裝成一副乖乖牌的樣子，噁心死了。

我則是隨意地跟她們打了聲招呼。

雖然克萊兒瞬間變臉，但被蕾茵撞了下側腹後，便哼的一聲撇開了臉。

「達斯特先生，對方可是貴族喔，要正經點才行！」

「要是敢得意忘形，你會被處刑喔。」

「沒差啦。對吧，蕾茵？」

「是的，請各位保持平常心，因為我們今天是冒險者實習生啊。對吧，克萊兒小姐？」

「就是啊。只要告訴自己這一切都是為了依麗絲小姐，我就能咬牙吞下來。不用給我們特殊待遇。」

那就不要邊講邊對我散發殺氣啊。

看她昨天醉醺醺的樣子，就能理解她有多寵溺依麗絲了。

「話說回來，達斯特先生，請問今天的行程如何安排呢？」

「只要體驗一下冒險者遊戲就行了吧。我想說就去打打經典的哥布林或是巨型蟾蜍，應該可以吧？」

順帶一提，我在公會接了擊退哥布林的委託。護衛隊友安全的同時，又可以順便完成委託，簡直一石二鳥。

巨型蟾蜍肉也可以賣到不錯的價錢，如果能把賺來的錢拿來買酒喝就好了。

「哥布林和巨型蟾蜍啊。雖然稍嫌不足，但也沒辦法了。」

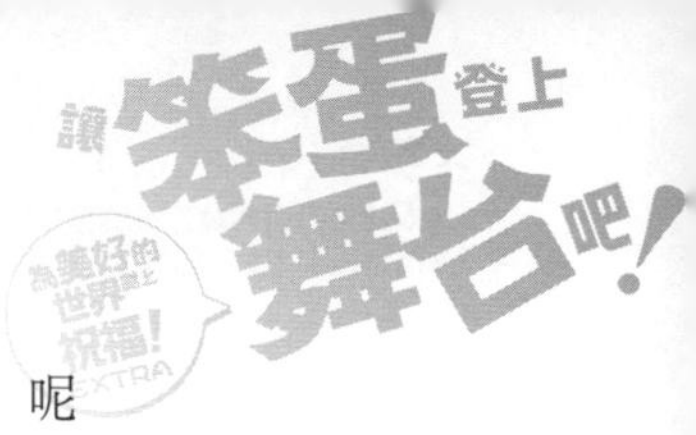

「這是冒險者的必經之路吧。依麗絲小姐一定也會好奇地聽我們分享經驗喔。」

「是、是嗎？那就拿出幹勁向前衝吧！」

一看就知道克萊兒的幹勁瞬間狂飆。

原來如此，要操縱她的話，只要把依麗絲搬出來就行了。看來蕾茵很懂得如何掌控克萊兒呢。

「那就出發吧，不要脫隊喔。」

由我在最前方領軍，芸芸和琳恩走在我的左右兩側，剩下的兩人就跟在後頭。

或許是很在意後面那兩位吧，只見芸芸頻頻往後方偷瞄。但她也沒有勇氣主動搭話，因此大家都不發一語，氣氛有些凝重。

這時候就該由我出馬了。

「我先問一下，妳們應該都有一定的實力吧？」

「我對自己的魔法能力很有自信，應該沒問題。」

「那還用說。我的任務就是守護依麗絲小姐！哥布林那種怪物，我會一劍把牠們劈開。」

「喂，妳這笨蛋！不要隨便亂揮劍啦！」

克萊兒為了展現自己的實力，忽然就開始揮起劍來。我對她大吼一聲，她就瞪了我一眼。

感覺這傢伙只要心情不爽，就會一劍從後面刺上來。蕾茵的話倒是不用擔心。

衡。

我和克萊兒打頭陣，後衛就由魔法師蕾茵、芸芸和琳恩負責。這樣的小隊戰力分配還算平衡。

雖然克萊兒的個性陰晴不定，但看她揮劍的樣子，感覺身手不錯。畢竟兩人都是公主的護衛，身手自然不在話下。

而且貴族都會吃富含經驗值的昂貴怪物肉品來提升等級。照理說她們等級應該很高。

儘管看似缺乏實戰經驗，應該也不至於輕易敗陣吧。

「先去打巨型蟾蜍吧。這附近的蟾蜍每天都會被吵醒，沒辦法好好冬眠，所以一年到頭都活力充沛呢。」

「等等，沒辦法好好冬眠是什麼意思？」

「那還用說，牠們每次都會……哦，時間差不多了吧。」

「啊──芸芸，又到了每日爆裂時間啦？」

「是呀。她說今天會跟阿克婭小姐一起去。她們嫌麻煩，所以想在附近解決。」

我向芸芸提問後，她便環視著周遭並這麼回答。

因為她們既是同族又是童年玩伴，有時間的話，芸芸似乎都會隨行，所以她知道那傢伙會在哪裡大鬧一場。

「所以我就問是什麼──」

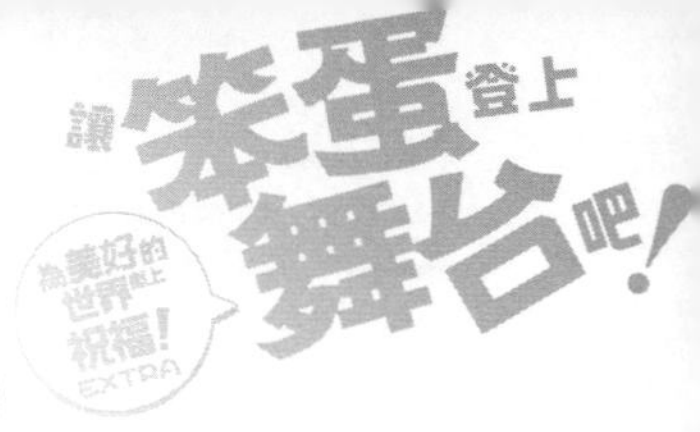

位於行進方向前方稍遠處的平原傳來一陣爆風和爆炸聲響，把克萊兒的問題蓋了過去。

明明隔著一大段距離，爆炸引起的狂風居然會傳到這裡來。

「什什什什什麼！發生什麼事了！」

「剛剛那是怎麼回事！」

她們驚慌無比地把劍和魔杖擋在身前防禦，但我們沒有多加理會，只是望著往上竄升的爆焰。

這沒什麼好驚訝的啦。

「哦～～真是壯觀。我很久沒有近距離觀看了，但是不是比之前更猛烈了啊？」

「雖然已經見怪不怪了，但就近觀賞還真是魄力十足呢。」

「她又浪費點數提升威力了，而且今天的狀況還不錯。但也該學學其他魔法了吧……」

因為芸芸經常被迫隨行，因此光看爆炸的威力，她似乎就能明白對方的狀況如何。

連和真都說他會幫爆裂魔法威力打分數，還給評語呢。

「不是吧！為什麼你們三個都這麼冷靜？離城鎮不遠處發生了爆炸耶！說不定是恐怖攻擊，或魔王軍攻打過來了，請提高警戒啊！」

「必須回到城裡稟報拉拉蒂娜小姐才行！」

「別這麼激動，那只是爆裂魔法而已，在阿克塞爾可是日常即景喔。」

看兩人慌得手足無措的模樣，我嘆了口氣，無奈地聳了聳肩。

居然為這點小事大吵大鬧，也太有事了。

「你怎麼還能這麼冷靜啊！而且爆裂魔法會大量消耗魔力，只要轟出一發就會變得一蹶不振，根本就是搞笑魔法啊！只有點數多到無處可花的資深魔法師才會去學那種魔法！怎麼會有魔法師每天都在轟這種毫無意義的技能呢！」

聽蕾茵口沫橫飛地說了這一長串，「就是說嘛，嗯嗯。」芸芸也不停地點頭同意。

「可是阿克塞爾就有兩個人會使用爆裂魔法喔。一個是窮鬼，一個腦袋有問題。」

「咦……？那裡明明是新手村耶？」

蕾茵嚇得目瞪口呆。克萊兒似乎也知道爆裂魔法的威力，雖然不像蕾茵那麼誇張，但她也驚愕不已。

「要是妳們每次都會被這點小事嚇到，那就當不了冒險者嘍。不具備一點常識的話，未來會很辛苦喔。」

我露出親切的笑容，並將手搭上她的肩膀。

「怎麼一副是我搞錯的樣子啊！這個鎮上的居民太奇怪了！巴尼爾先生之前也把我當成沒常識的草包，但肯定是這裡的居民才有問題！」

「沒錯！居然連貴族的權威都不管用，這裡的居民腦袋一定有病！」

兩人一直搖頭否定，頭髮都變得亂糟糟的，可能先前在阿克塞爾遭遇過什麼事情吧。

芸芸和琳恩也露出苦笑，面面相覷。

「知道了，知道了啦。現在這些事都不重要，妳們的目的是模擬冒險者生活對吧？好啦，該妳們上場了。」

我將大拇指往後一指，只見一隻巨型蟾蜍躍動著龐大的身軀朝此處逼近。

這怪物很怕冷，現在這種微涼的時節，牠們通常會因為冬眠時間將近，導致活動力變得遲緩。但某位腦袋有問題的爆裂女孩每天都會轟炸魔法，所以蟾蜍似乎沒辦法好好睡覺，精神好得很。

「那就是巨型蟾蜍啊。雖然之前沒看過，但聽說對戰士或騎士而言只是小兒科而已。你們幾個都不要出手喔。」

說完，克萊兒便拔出劍來，來到敵人的跟前。

蕾茵姑且也舉起了魔杖，最後還是想交給克萊兒處理吧。既然不用幫忙，我也樂得輕鬆。

「克萊兒小姐有跟怪物實際戰鬥過嗎？」

「那個……不去幫忙真的沒關係嗎？」

「沒差啦，她都說沒問題了，就交給她吧。」

我那兩個夥伴似乎很擔心克萊兒，但就讓她去吧。

等到她快撐不住的時候，再出手幫忙就行了。

「哼！別以為這種噁心的怪物能傷我一根寒毛！」

巨型蟾蜍朝自信滿滿的克萊兒衝了過去。

依照克萊兒的身手，她應該能輕鬆解決掉才對……但這是建立在怪物只有一隻的前提支下。

此時有五隻巨型蟾蜍疑似從被爆裂魔法轟炸的地方逃了過來。

「喂～～要不要在牠們吞掉妳之前借助我們的力量啊？」

「不需要！蕾茵也乖乖地待在那邊看就行。我知道巨型蟾蜍會吃家畜和人類，但牠們不會吃騎士和戰士！」

這個資訊沒有錯啦，但也不全然正確。

克萊兒英勇地奔向那群巨型蟾蜍，蟾蜍也朝她伸出長長的舌頭，但克萊兒卻低估了眼前的危機，認為沒必要閃避……因此舌頭就纏住了她的身軀。

巨型蟾蜍就這麼將她輕巧地提了上來，並從頭部一口吞噬。

「喔嘎——咕嗚嗚嗚！」

克萊兒的腳懸在蟾蜍嘴邊，死命地掙扎著。

「還是被吃了啊。」

巨型蟾蜍之所以不吃戰士和騎士，只是因為牠們討厭金屬鎧甲罷了。既然她一身白套裝，當然會被吃掉了。

「克萊兒小姐！我這就用魔法救……但發動攻擊就會被牽扯進去！啊！」

正當蕾茵還在苦惱時，她也被一口吞掉了。

哦～這兩個人都一下子就被幹掉了呢。

「全、全身都黏糊糊的！你們不要袖手旁觀，快來救我們啊！」

「咿咿咿咿！好噁心！啊，那邊被舔的話會……！」

她們在巨型蟾蜍的嘴裡折騰了一番，想盡辦法探出了上半身，但淪落到這種地步，光靠她們自己的力量也無濟於事。

「雖然不會立刻被消化，但也該出手幫忙了。」

「我馬上去救妳們！『Light Of Sa——』」

「等一下！再等一下。」

我伸手制止想要發動魔法的芸芸。

聽到我的嗓音比平常更加嚴肅，芸芸可能被我弄糊塗了，她一臉驚訝地看著我。

在這段期間內，兩人依舊被蟾蜍緩緩吞噬，但每當她們想盡辦法試圖掙脫時，就會扭動滿是唾液的身軀，並發出「嗚！不要啊啊啊！」「啊啊！不要舔奇怪的地方！」這般呻吟。

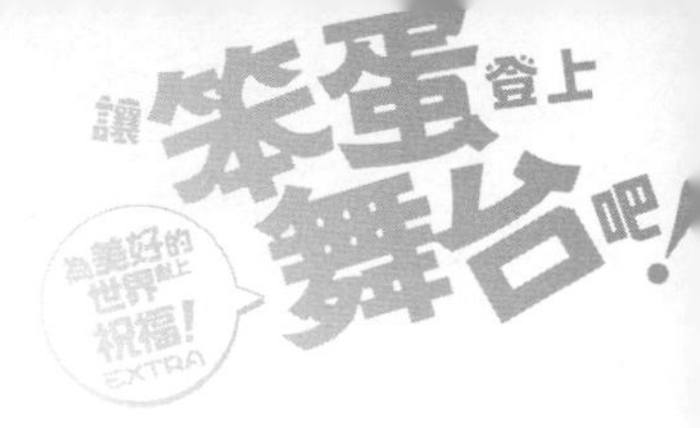

「衣服濕透得恰到好處，真讓人受不了！」

兩人的衣衫因為掙扎而凌亂不堪，內衣和肌膚在被唾液濡濕的衣服下方若隱若現。

這種情境我覺得可以！

「你有病啊！『Light Of Saber』！」

一道光劍從芸芸的手刀前端放射而出，往巨型蟾蜍斬去。

啊──正好有點色色的感覺了說，真是浪費。

獲救的兩人坐倒在地，渾身被唾液弄得濕黏。

「我居然會如此輕忽！」

「好噁心喔。」

「臭死了，妳們不要靠過來。」

我捏住鼻子揮揮手，要她們閃一邊去。

飽受屈辱的克萊兒漲紅了臉，蕾茵則發現自己變得衣衫不整，羞恥地蜷起了身子。

「達斯特先生，這樣她們太可憐了，我們先去找個水源地吧？得讓她們洗掉身上的唾液才行……而且還很臭。」

「不好意思，我也拜託你了。」

「麻煩你了。」

雖然繼續保持這副模樣讓我很興奮，但我也不想再讓她們繼續臭下去了。

「這邊離那個湖泊很近吧？因為實在太可憐了，我們會帶妳們過去的，畢竟很臭嘛。」

同樣身為女人，琳恩似乎也深感同情，語氣十分溫柔。

真沒辦法。之前跟安樂少女一決勝負的湖泊應該離這裡不遠，就去一趟吧。

「我們到湖邊去吧，那裡可以嗎？」

克萊兒她們乖乖地跟了上來，好像真的很不舒服似的。

雖然覺得有點麻煩，不過淋浴畫面……也不賴呢。

「達斯特先生，你是不是在想奇怪的事情？」

「我大概能猜到他在想什麼。」

「只是關心她們而已啦。」

芸芸和琳恩從旁瞪了過來。我走在最前方領路，以免她們看見我不懷好意的笑容。

3

來到先前也造訪過的湖畔之後，我背靠著大石，在看不見湖泊的位置坐了下來。

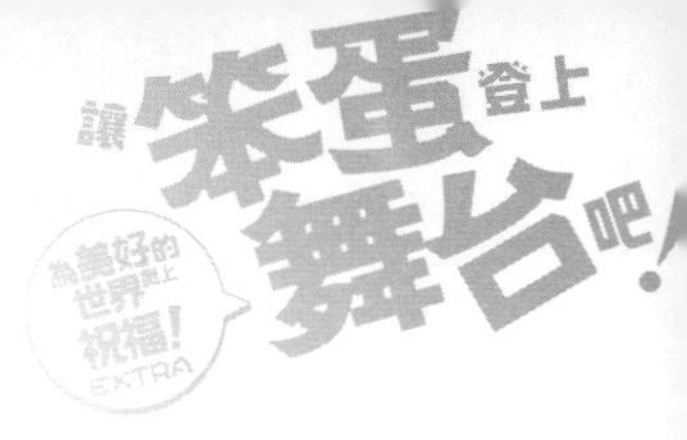

不對，是被迫坐下來……現在的我，全身被繩索牢牢捆住。

一抵達湖邊的同時，琳恩和芸芸便將我圍住，不由分說地把我綁了起來。

「喂，幫我鬆綁啦！我就這麼不值得信任嗎！」

「達斯特先生全身上下有哪個地方值得信任？我覺得全裸衝進野獸群還比較安心一點。」

「說得真好，就是這樣。」

我喊出這聲要求，但她們卻用拒絕和冰冷的眼神回敬我。

芸芸和琳恩留在我身邊負責把風，但她們根本沒在留意怪物，只盯著我瞧。

再這樣下去，我就會錯過大飽眼福的時光了。

我思考著對策，陷入沉思，耳邊卻只聽見兩人開心笑鬧的聲音。

「終於把黏黏的東西都洗掉了。唔！竟然連內衣褲都濕成這樣。」

「得把衣服烘乾才行。」

這是何等煎熬的拷問。明明只要回過頭去，就能看見兩位裸女，但我卻無能為力。

現在可是有美女正在洗澡耶，不偷窺一下才是大不敬吧！

「琳恩，妳知道我不是那種人吧？我們也經歷過風風雨雨，身為夥伴，就該攜手共度難關……」

「之前打算對我出手的那件事，你應該還沒忘記吧？」

琳恩將佩在腰際的匕首亮給我看，並露出陰沉的笑容。

都過這麼久了，她還要老調重提喔。

琳恩現在拿在手上的……不就是當時我按捺不住，想對她惡作劇一番時，她準備用來斬斷我寶貝小弟弟的匕首嗎？

只要稍有不慎，她就會來真的。琳恩就是這種女人。

當初我是身懷日積月累的慾望，精力太旺盛才會這樣。現在能如此清心寡慾，全是拜夢魔店所賜……我還是對蘿莉夢魔溫柔一點好了。

琳恩現在也惡狠狠地瞪著我，看來只能放棄說服她一途了。這麼一來，我就挑容易上當的那個人下手吧。

雖然被繩子綁住，我還是俐落地站起身，將背靠在大石頭上。

「喂，芸芸，我們是摯友吧。」

「才不是呢，只是有點交情而已。還有，就算你在五花大綁的狀態下耍帥，也只有怪一個字可以形容。」

「別這麼無情嘛。我們不是裸裎相見的關係了嗎？」

「那、那、那是！請不要逼我回想起奇怪的事情！最近還流出了我跟金髮小混混關係匪淺的莫名謠言！公會裡的人們也都站得遠遠的，用注視可悲之人的眼神看著我耶！請你負起責任！」

芸芸眼眶泛淚，揮動著雙手朝我逼近。我雖然想避開，卻失去平衡跌到地上。

「嗚喔喔喔喔……好痛——！」

一股劇痛竄過頭部，讓我在地上不停打滾。

我摔下去的地方有一塊大石頭，有夠倒楣的。剛剛應該是撞到頭了吧。

「啊啊！對不起！達斯特先生，你沒事吧！」

平常我早就破口大罵了，但此時必須沉住氣，與對方好好溝通才行。

「沒事，不要放在心上。別說這些了，能不能幫我解開繩子呢？算我求妳了。否則等等後果會不堪設想喔。」

我語帶恐嚇地這麼說，芸芸的臉上便浮現出些許膽怯。

「我、我才不怕你威脅呢！在這種狀態下，你還能搞出什麼花招啊！」

「還真敢說……問我會怎麼樣是嗎？繼續放著我不管的話，我會在這裡瘋狂失禁喔。」

「咦！」

「不只是小便而已喔。因為我喝了太多酒，肚子也不太舒服，就算不小心潰堤引發土石流……也無所謂嗎？」

聽到我用帥氣的表情做出如此宣言，芸芸似乎連聲音都發不出來，一步一步往後退。

我在被層層綑綁的狀態下對芸芸逐步進逼，她便一臉害怕地逃開了。啊，這樣滿好玩的耶。

我用狀似毛毛蟲的動作追著她跑，「不、不要過來！」芸芸就驚慌失措地四處逃竄，還絆到腳摔了好幾次。

「這樣一來，我就會在拉得滿褲子的狀態下，纏住妳不放喔！」

其實我肚子的狀況好得不得了，但她的反應實在太有趣了，我就再繼續逗她一會兒吧。

「住手！變態！不要過來啊啊啊啊啊！」

芸芸四處奔逃，而我以渾身綑綁的狀態不停地追在她後頭。

我在地上打滾的同時偷瞄了琳恩一眼，而她只是一臉傻眼地選擇旁觀。

「咦？呀啊啊啊啊啊！」

這時，蕾茵的尖叫聲毫無預警地從湖畔傳來。

雖然我轉頭想看看情況，但被大石頭擋住了，完全看不到。

「怎麼了！」

「咦？咦？什麼？」

琳恩和芸芸把我丟在原地，往湖泊的方向跑了過去。

「喂，等一下！也帶我一起去啊！」

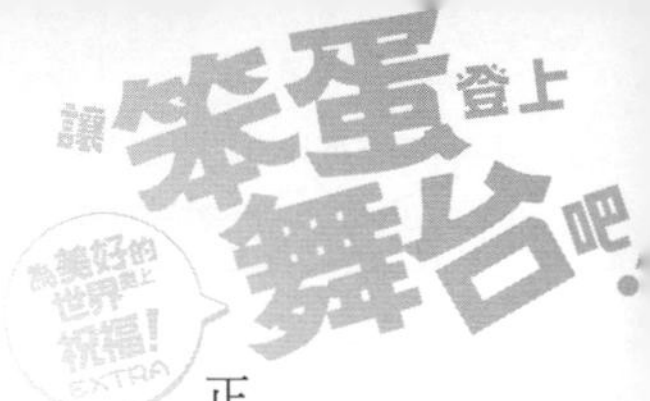

我試圖在五花大綁的狀態下站起身，但實在無計可施，只能在地上打滾。

雖然眼前的世界天旋地轉，讓我有點頭暈，但我總算滾到了湖泊附近。這時發現兩位貴族正遭受哥布林襲擊。

她們手拿武器防禦，膝蓋以下都浸在湖水裡，但看到她們的模樣，我的視線就僵住了。

即使兩人都穿著內褲很令人遺憾，但她們的上半身都一絲不掛，正以手臂擋住胸部的半裸姿態與哥布林應戰。

克萊兒拿著武器，但蕾茵既無魔杖又無戒指，所以也無從攻擊。

她在湖水中連站都站不穩，只要動作再大一點，她的胸部就要走光了，所以不出我所料，她似乎動也不能動。

「可惡，區區哥布林，居然想愚弄我們嗎！」

哥布林也看出對方無法發揮真正的實力吧，只見牠們不停朝兩人潑水，嘲諷十足地跳來跳去。

在這種狀態下，克萊兒完全打不到哥布林，只要一動，重要部位就若隱若現。

而且我現在躺倒在地，湖畔的雜草闖進了我的視線，所以看不清楚！

再加上琳恩又故意擋在前面，妨礙我觀賞。

「你們再打得更精彩一點啦！對了，你繞到後面去，你再趁機把她們礙事的右手拉開來！

拜託誰來把這個雜草除一除吧！琳恩也很擋路，閃邊涼快去！」

我忍不住為哥布林聲援。說完，便有一道充滿殺意的視線射穿了我。

「這傢伙不是在幫我們加油，而是在幫哥布林打氣嗎！」

「聽說他是和真先生的朋友，我就有種不祥的預感了，果然沒錯！」

「雖然我早知道他會這樣，但實在太差勁了！我馬上就來幫妳們脫險！」

或許是感受到芸芸的魔力了，那群哥布林發現自己有生命危險，便一同往我這裡逃了過來。

琳恩急忙逃開後，我的身邊就只剩哥布林了。

芸芸伸向我的手掌心正在聚集光芒。她似乎打算發動魔法。

「喂，等一下！芸芸，這樣會牽連到我喔！喂，喂！那個，芸芸大人，您方便聽我說幾句話嗎？我跟達克妮絲不一樣，沒有那方面的興趣喔——！」

啊，這傢伙裝作沒聽見。

不要對我剛剛追著妳跑的事情懷恨在心啦！

「『Lightning Strike』！」

難以計數的雷擊從天而降，將我和哥布林一網打盡。

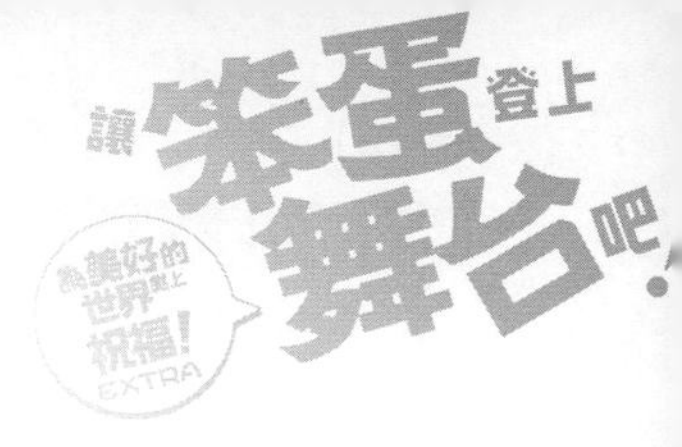

4

「他好像醒來了呢。」

「居然還能活下來，真是了不起……」

雖然還是被繩子綁住，但看樣子我保住小命了。

兩人似乎在我昏迷這段期間洗好澡了，她們披散著一頭濕髮低頭看著我。

衣服也已經乾了，是用魔法生了火嗎？可惡，我居然會犯下這種失誤。

不過，被那種上級魔法攻擊，我居然還能毫髮……雖然不是毫髮無傷，但受到的傷害比想像中來得少。

畢竟我當時也費了一番功夫，讓那波攻擊沒辦法命中我。

「直接丟下這個男人不管比較好吧？」

「贊成。」

「應該說他百害而無一利，所以就別管他吧！」

為什麼琳恩跟芸芸都這麼起勁啊！

我本來想回嘴，但看見她們輕蔑的眼神後，我就把苦水吞進肚子裡了。

「哎呀，妳們冷靜點。要是沒帶我一起去，妳們就虧大了喔。」

「哦？雖然你應該也是謊話連篇，但我就聽聽看會有什麼損失吧。」

克萊兒雙手環胸，低頭看著我，神情中充滿了懷疑。

「首先，是我在公會接到委託的，要有我在才能進行提領報酬的手續。要是不帶我去，就拿不到冒險途中得到的素材和討伐獎金。」

「那種小錢我才不放在眼裡呢。」

「我倒是覺得有點可惜……」

畢竟克萊兒也是身家足以跟達斯堤尼斯家平起平坐的貴族，所以不會為錢所苦。

但蕾茵是相對弱勢窮苦的貴族，對金錢和名譽等字眼比較敏感。這件事我昨天在酒吧就已經調查過了。

「偶爾也會拿到一些寶藏喔。」

「寶藏嗎！那會有多值錢啊？拜託你說得再詳細一點！」

蕾茵雙眼一亮。明明是貴族，手頭卻很緊的樣子。

「多值錢啊……就、就滿值錢的吧。而且貴族隱瞞身分，為了平民辛勤打拚一事要是傳出去了，評價也會上升吧？雖然達克妮絲……拉拉蒂娜會做出一些奇言異行，但無論如何，她之

所以深受阿克塞爾的居民愛戴，也是她以冒險者的身分大顯身手的緣故。」

「呃，有點在意拉拉蒂娜小姐的奇言異行有哪些呢。」

蕾茵居然對這種毫無意義的事情感興趣。

「之後再慢慢告訴妳吧。另外，依麗絲應該也喜歡默默助人——」

「我幫你解開繩子吧。」

克萊兒立刻就替我鬆綁了。

真好騙。只要搬出依麗絲，這傢伙就會為我赴湯蹈火。

「呼～～終於解脫了。好啦，驅逐巨型蟾蜍跟哥布林的任務也告一段落了，接下來要幹嘛？」

畢竟委託也完成了，我是想回去領錢，大肆狂歡一下。

「現在還不能回去，我們都沒有好好發揮實力呢。把這種事蹟告訴依麗絲小姐，也只會被她嘲笑而已。」

「畢竟只是被巨型蟾蜍吞進嘴裡，還被哥布林耍得團團轉嘛……」

的確，這兩人根本沒有機會好好表現。

話雖如此，這附近還有其他怪物會出沒的地點嗎？

「不過周遭應該沒有其他的驅除委託了，還是打消念頭回家比較好。」

「但沒經歷到正規的冒險，就這麼厚著臉皮回去，是要怎麼對依麗絲小姐交代啊？」

「不用擊退怪物也行，能不能讓我們體驗冒險者會做的事情呢？我們會支付委託費，能不能幫忙想想辦法？即使是達斯特先生平常會做的事也可以。」

如果沒有帶點冒險事蹟回去的話，她們似乎就沒得交代了。

既然可以拿到一點補貼，倒也沒必要拒絕。如果要達成對方的期望……

「我昨天做的事……昨天本來想去找雜貨店的大叔蹭飯吃，但他有夠小氣，我就想借他店裡的商品去換錢，然後就被趕出去了。因為沒有錢，之後我就到公會喝水喝到飽，又瞄了一下店員的屁股，結果又被趕出去了。後來我又到常去的一間類似咖啡廳的店，但因為沒有錢，我好好欣賞一番店員的胸部和屁股，就被趕……」

「呃，不是這種啦，麻煩讓我們體驗冒險者會做的事情好嗎？」

到目前為止，我做過驅逐怪物、護衛，還有探索迷宮這些事情。

冒險者會做的事情啊。

「這樣的話，探索迷宮應該可以吧。」

「迷宮嗎！感覺不錯！」

「依麗絲小姐也喜歡這種冒險故事嘛。」

兩人都興致勃勃的樣子。

說到這附近的迷宮……之前和小型毀滅者交戰過的那個迷宮已經崩毀了。雖然還有一些書籍留在裡頭有點可惜，但也沒辦法。

如此一來，或許也可以去基爾地下城看看。那裡適合新手冒險，只有不死族和魔怪這種等級的怪物而已。

啊——不過之前巴尼爾老大在那裡定居的時候好像做了什麼好事，聽說現在禁止進入。

「如果有適合的迷宮就好了。芸芸……問了也是白問。邊緣人怎麼會探索過迷宮嘛。」

「這話是什麼意思！但迷宮很暗又有點可怕，我確實不會一個人進去啦。」

那我說得沒錯啊。

雖然也是有其他迷宮的選項，但從這裡出發的話，至少都得耗上半天才會抵達。有沒有離這裡不遠又難度適中的迷宮呢……

「達斯特，那邊怎麼樣？就是之前魔王軍幹部占領過的地方。」

「啊——就去那裡吧。那裡可是我珍藏的地點呢，是跟魔王軍有關的特殊場所。」

「原來還有那種迷宮啊。請務必帶我們去一趟！」

光論外觀的話，那座迷宮應該能讓她們心服口服。

雖然不是迷宮，但足以讓她們跟依麗絲聊上好一陣子了吧。

5

「這裡就是魔王軍幹部曾經暫居的古城啊。」

「我記得是無頭騎士貝爾迪亞吧。就是和真先生他們擊敗的對手……」

仰望著古城的兩人發出了讚嘆。

古城籠罩在日暮的紅色光芒中，充滿了風情，以無頭騎士的居所而言再適合不過。

「雖然從遠處看過這座城，不過這就是……」

芸芸似乎也是第一次近距離觀賞古城的樣子，顯得感佩不已。

「外型比想像中還要完整呢。」

琳恩敲了敲古城的外牆，似乎在確認是否有崩損跡象。

曾幾何時，這座古城變成無人居住的廢墟，因此被棄置於此。但魔王軍幹部貝爾迪亞在某一天住了進來。

因為沒有對阿克塞爾造成直接的傷害，長久以來冒險者都沒打算對這裡出手。不過有個腦袋有問題的爆裂女孩每天瞄準這座城擊發爆裂魔法，因此惹怒了貝爾迪亞。

「聽說是和真先生隊友的紅魔族少女，用魔法將貝爾迪亞引至城鎮，並集結了眾人的力量擊敗了他。」

克萊兒欽佩地如此說道。她說得沒錯，但也不全然正確。

那起事件不僅拿不到討伐報酬，阿克塞爾還因為宴會祭司召喚出的大洪水損失慘重，簡直是苦不堪言的回憶。

「這裡說不定還有魔王軍的餘黨，大家要小心喔。」

說是這麼說，但魔王軍也已經完全撤退了。

有幾組冒險者為了尋寶來此，認為城裡或許還留有什麼寶物。不僅如此，公會還在公布欄上張貼了委託，想問問能不能在此取得魔王軍的情報。

已經被人們地毯式搜索過了，可以保證絕對安全。

如今這裡已經淪為居民們想小小試個膽時會前往的地點。畢竟氛圍十足，這兩個人應該會滿意吧。

「總覺得這種地方讓人很興奮呢！」

開始探索後，最開心的人就是芸芸。

沉不住氣的她時而窺探古城內的房間，時而仰望天花板，語帶欣喜地對我們這麼說。

探索過程中沒發生什麼大問題，但克萊兒和蕾茵光是進行古城探索就心滿意足了，至今都沒有發過一句牢騷。

「不過，這座古城的構造還真是堅固。外牆有些焦黑，也有遭到破壞的痕跡。周圍地面坑坑巴巴的，也是激烈交戰後留下的證據吧。」

「或許是吧，看得出來這是大規模魔法留下的痕跡，應該是阿克塞爾的冒險者在此處與魔王軍的倖存者發生過爭鬥。是不是能施放強大魔法的巫師遺留的戰績呢？」

要怎麼妄想是妳們的事，但這些全都是爆裂女孩幹的好事。

每天被爆裂魔法這樣轟炸，再堅固的城池也會變得殘破不堪。搞出這件事的元凶有個童年玩伴，如今她正羞恥地瑟縮著身子，彷彿是自己的過去被提出來議論一般。

這麼說來，巴尼爾老大是大惡魔，那他跟無頭騎士貝爾迪亞應該是舊識吧。

我記得公布欄上好像貼了跟老大有幾分神似的人像畫，說他是魔王軍的高額懸賞犯，但應該是我多心了。或許只是那張面具有點像而已。

「不過建築物內部意外地整潔呢，跟外觀不太一樣。無法想像魔王軍那些不死族曾把這裡當成據點。」

「雖然地面上還留有踩踏過的凌亂腳印，但除此之外，似乎都維持得相當乾淨。」

我們踏入的這間房像會客室一般，擺放了有些老舊的沙發和長桌。

如今上頭積了一層薄薄的灰塵，但應該是無頭騎士離開之後又過了一段時間造成的吧。

這麼說來，所謂的廢墟應該會更髒一點才對。

仔細一看，房間角落還留有水桶跟抹布。

……難道不死族還會認真打掃嗎？真是如此的話，未免也太離奇了吧。

「貝爾迪亞好像說過他原本是一名騎士，所以變成無頭騎士之後，可能還是挺愛乾淨的吧。看來他過去對這座古城愛護有加呢。」

「不死族會這麼細心嗎？不太可能吧。那個，我們也該休息一會兒了吧？房間比想像中還要乾淨，說不定還能在這裡沏一壺茶……」

或許是對在城堡中品茶這種情境很嚮往吧，只見芸芸從背包中取出了茶具組。

她依序將茶杯和茶點在桌上一字排開。

就是因為裝了那些東西，她的背包才會大成這副德性吧。

「畢竟走了一整天嘛。那就聽妳的話休息一下嘍。」

「芸芸小姐，我也來幫忙。」

克萊兒整個人癱坐在沙發上，蕾茵則和芸芸一起備茶。

琳恩似乎也在幫忙擦桌子。

我沒事可做，所以也打算坐上沙發，但我不想坐在克萊兒旁邊，因此就隔著桌子坐在另一頭靜觀其變。

準備就緒後，克萊兒與蕾茵相鄰而坐，芸芸和琳恩則是坐在我的兩側。

芸芸一直在偷看對面那兩個正默默吃著茶點的人。想說什麼就直接開口啊，這個邊緣人連這種小事都做不到喔。

「這個點心很美味呢。」

「太好了～～這是在阿克塞爾的名店買的。」

「這個茶葉也是高級品吧？香氣十足呢。」

「是、是的！是比較高檔的店……」

幸好社交手腕高強的蕾茵跟她搭了話，現場氣氛才稍稍和緩了些。

但聽這幾個不太熟的人聊天，也讓人不太自在。談話內容擺明就是在顧慮彼此的心情，一點也不有趣。

琳恩沒有特別說些什麼，只顧著吃點心。她今天還真安分耶，雖然會順勢跟其他人有一搭沒一搭地聊幾句，難道她是在怕生嗎？

還是因為對方是貴族，所以有點緊張？感覺也不像啊。

因為閒著沒事做，我就把手伸進芸芸放在沙發旁的那個背包裡翻找了一陣，結果找到了一個小盒子。

這個方型木盒的大小，正好能容納我一顆拳頭。

「喂，這是什麼？」

「那是維茲小姐給我的魔道具……呃，你怎麼又亂翻別人的包包啊！」

「沒差吧。這就是她免費送妳的魔道具啊。」

芸芸滿臉通紅地大發牢騷，但我沒理她，逕自打開了木盒的蓋子。

盒子裡放了一個看似藍色圓形玻璃球的東西。球體中心蘊含了光粒，彷彿是將大量的小星星封在裡頭似的。

直接放在桌上會滾來滾去，所以我把掛在附近水桶上的抹布先墊在下面，再把玻璃球放在上頭。

「所以這是什麼？看起來不像普通的玻璃球。」

「我也是第一次看到裡面的東西，所以不清楚。呃，我記得盒子裡有說明書……找到了！上面寫著『兩人以上對其注入魔力後就會發生某種現象』。嗯？奇怪？我之前好像看過這個水晶球耶。嗯～～是在哪裡看過……」

芸芸盯著水晶球唸唸有詞。

「應該只是看過它陳列在魔道具店而已吧。雖然對這顆球有點興趣，但得注入魔力才行啊。我不是魔法師，所以就沒戲唱了。芸芸，妳來試試看吧。」

「因為這是維茲小姐給我的，不是從巴尼爾先生那邊拿來的，我想應該不是什麼怪東西……但我還是覺得這個水晶球很眼熟……」

芸芸似乎提不起勁，一直用奇怪的表情盯著水晶球看。

「琳恩要不要試試？」

「我沒興趣。」

還真冷淡。跟以往相比，我今天可是安分了許多耶，她幹嘛還氣成這樣啊？但現在又故意鬧她的話，只會吵得沒完沒了。在她心情平復前，還是不要招惹她好了。

「那換妳們試試看吧？說不定能成為跟依麗絲分享的話題喔。」

「說得也是。不然再這樣下去，都沒有值得一提的話題。」

「我也願意試試。」

我只是想說可以打發時間，才順勢這麼提議，沒想到她們居然幹勁十足。

於是兩人將手伸向水晶球，開始注入魔力。

過了一會兒，水晶球便散發出藍紫色的光芒，四周也突然暗了下來。

「喂喂，是不是不太妙啊？」

氣氛逐漸變得詭譎起來，因此我向一旁的芸芸徵求意見，結果芸芸睜大眼睛站起身，雙手一拍說道：

「我想起來了！這是能成為朋友的水晶球！」

「啥？」

芸芸忽然喊出這種不知所云的話語，我便對她投以狐疑的眼神。就在此時，有好幾塊長方形的光板以水晶球為中心，浮現在空中。

「這些像板子一樣的東西是什麼啊？上頭好像有畫面耶。」

離我們最近的光板上，是一身樸素的女孩——蕾茵被不認識的大叔破口大罵，正在低頭賠罪的畫面。

「啊！這是要提撥報酬給巴尼爾先生的時候，財務官對我碎碎唸的畫面！」

另外一個光板上頭，則是臉泛潮紅，粗喘不已的可疑人士——克萊兒，正在偷窺躺在高級床鋪上安睡的依麗絲的睡臉。

「這是什麼畫面啊！為什麼會發現我每天晚上的例行公事呢！欣賞完依麗絲小姐的睡臉後再入眠，就能夢見至高無上的美夢！你們怎麼會知道這種安眠妙招！」

……她每天晚上都會這麼做喔？這傢伙遲早會越線吧。

「呃，這個道具似乎會暴露出注入魔力者的羞恥過往，藉由共享黑歷史增進彼此的感情與友情……的樣子。」

看樣子，光板上的畫面應該就是這些人的過往顯像吧。

我看向其他光板，上頭映照出比現在年輕許多的蕾茵。她和其他看似貴族的人們進入高檔店家後，在別人點餐之際確認了自己的錢包——

『我、我的肚子有點不太舒服。』

她這麼說道，而且從頭到尾只喝了水。

我瞥見她的錢包裡只放了幾枚錢幣。

雖說她算是貧窮的貴族，沒想到真的被逼得這麼苦。

「不要再看了！要怎麼讓這個停下來啊！」

魔力似乎已經停止輸出了，但畫面還是無法消除。

顯示出克萊兒影像的光板，幾乎都跟依麗絲在一起呢。絕大部分都是她用危險的眼神盯著依麗絲看，不然就是對依麗絲百般縱容的畫面。但唯獨一個光板上的克萊兒表現出輕蔑又冷漠的眼神。

那個克萊兒低頭看著年幼的依麗絲，臉上毫無笑容。從她現在如此寵溺依麗絲的樣子來看，實在無法想像。

克萊兒發現我盯著那個光板看時，她也看了看上頭的畫面，接著輕輕嘆了口氣。

「那是我第一次跟依麗絲小姐見面的時候吧。當時我不明白她的苦惱，將無法成為她的兄長大人教育專員的怨氣表現在臉上了。對此我始終深切地反省。」

這麼說來，她之前喝醉酒的時候，好像說過她原本不想當依麗絲的教育專員。

如今這般寵溺依麗絲的她，原來也有這樣的過去啊。

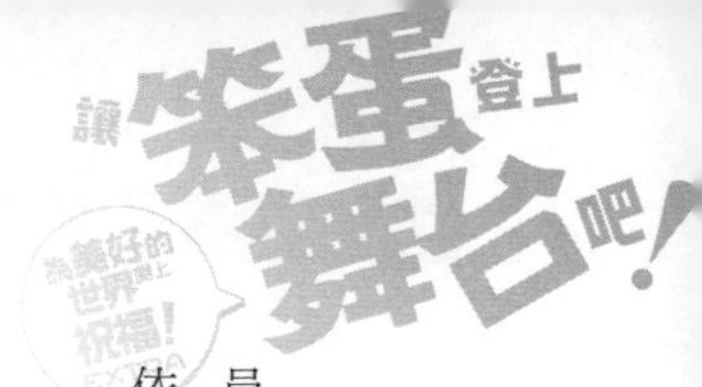

「克萊兒小姐以前的夢想，就是負責指導傑……跟傑帝斯殿下很像的那位大人呢。」

「是啊。那位大人長相出眾，實力也有大好前途，我一直期待自己能受命擔任他的教育專員。結果最後居然是……要指導一位弱不禁風的少女。當時我眼前一片黑暗，沒能察覺愛……依麗絲小姐的優秀之處。」

她一心想教育眾人皆寄予厚望的第一王子，所以失望透頂了吧。

「當時的我實在太愚昧了！依麗絲小姐無法時常見到在前線征戰的家人，雖然她小小的心靈無比苦痛，卻不曾展現悲戚的神情，總是微笑以對。如此偉大的情操深深吸引了我！」

她說話的同時還配上極為誇張的肢體動作，讓人看了就煩。

我環視著四周的光板，想看看是否還有其他有趣的畫面，結果發現有一面光板上並沒有兩人的身影。

「怎麼回事啊？……咦？這是？」

聽到我發出驚呼後，所有人都看向同一面光板。

畫面中顯現出把頭抱在身側的漆黑鎧甲騎士——也就是無頭騎士。

『從今天開始，這裡就是我的根據地了啊。因為矗立在山丘之上，地理環境不錯，景觀也很遼闊。我就先來打掃一番，作為喬遷的第一步吧。』

只見無頭騎士將自己的頭放在桌上，並從裝了水的水桶中取出抹布，開始擦拭地板和牆面。

他還一邊哼著歌，感覺很開心的樣子。

『人手不太夠啊。不死騎士，你們也來幫忙吧。』

一身破爛鎧甲，身體腐爛的騎士們聽從命令，拿起掃帚和抹布開始打掃古城內部。

我看向旁邊的光板，便看見無頭騎士在一塵不染的古城中心滿意足地漫步著。

彷彿是在巡視清掃狀況似的，他用手指滑過窗框確認是否還有灰塵，但指尖上毫無塵埃。

『住起來越來越舒適了呢。既然根據地已經整備妥當，差不多也該儲備戰力……』

這聲低喃卻被一陣突如其來的轟天巨響給打斷了。

畫面劇烈搖晃，天花板和牆壁紛紛落下了碎片。

無頭騎士驚嚇過度，差點連自己的頭都掉下來了。

『怎麼了！發生什麼事了！』

他連忙從古城的窗戶探出頭來張望四周，發現城牆上留有燒焦的痕跡。堅不可摧的城牆為之崩毀，古城內部的家具等物品，也因為剛才的震動變得東倒西歪。

這是不是爆裂女孩幹的好事啊？

『到底是怎麼回事……』

雖然無頭騎士一陣茫然，但他重整心態，與不死騎士們開始清理古城。

只見無頭騎士自行搬運木板與磚石，為古城進行修繕與清掃。

『難不成是阿克塞爾的冒險者跑來搗亂嗎？也罷，應該是初出茅廬的冒險者想測測膽量，才會出手攻擊吧。要是為這點小事發脾氣，未免太沒風度了。我可是魔王軍的幹部，就大發慈悲原諒他們吧。』

他那顆抱在手上的頭，彷彿在點頭稱是般動了一下，動作極其細膩。

「剛剛那陣爆炸聲響，應該是惠惠擊發爆裂魔法的聲音吧……身為勁敵的我頓時覺得好羞恥啊。相較之下，無頭騎士先生真有紳士風度。雖然他是魔王軍，但跟我想像中不一樣，感覺是個好人呢。」

「我也這麼覺得。不過，為什麼會顯現出無頭騎士的過往啊？」

「這個可以顯示出過去的魔道具，恐怕是從墊在下方的抹布中讀取到殘留的情感，才會投影出來吧。」

雖然還沒釐清現況，但姑且就先同意蕾茵的推測吧。

這麼說來，水晶球下面那條抹布，確實跟畫面中無頭騎士所使用的款式很接近。

「這裡也有無頭騎士的畫面喔。或許可以當作攻打魔王軍的貴重線索呢。」

克萊兒把自己的影像擱在一邊，專注地看著顯現出無頭騎士的光板。

與其窺探這兩人的過去，還是無頭騎士的畫面比較有趣，於是我也跟著一起看了起來。

隔天，他在擦拭房裡的壺甕時，一陣轟天巨響，讓掉落的壺甕碎成一地。

又過了一天，他看著修繕完畢的城牆並做出擦汗的動作，接著走回古城的途中，城牆再度因為爆炸聲響和震動而崩毀了。

再隔一天，清掃告一段落後，累得癱倒在沙發上的無頭騎士，在窗外逐漸染紅，震動也隨之響起的同時飛奔而出。

看到城牆破了一個大洞時，無頭騎士徹底崩潰了。

『到底對我有什麼深仇大恨啊啊啊啊！』

他氣得將手中的頭顱砸到地上，結果因為遭受重創而滿地打滾。

「「太慘了……」」

克萊兒和蕾茵同時呢喃起來。

「就連我都做不出這麼離譜的事情。」

「惠惠一直以來都沒有想太多吧……」

「我忽然好想跟無頭騎士先生道歉喔……」

真沒想到我們會對魔王軍幹部產生憐憫之心。

之後，古城又被爆裂魔法轟了好幾次，無頭騎士陷入了每天都要被迫修繕古城的地獄，但久而久之他再也忍不下去了。

『居然每天每天都砰砰砰地用魔法轟炸我！我不會再輕饒了！看在你們是新手村的份上我才沒有多加干涉，結果你們竟敢得寸進尺！』

無頭騎士扛著巨劍衝出房間。

其他的畫面中，顯現出無頭騎士回到房間後，愉快地開始打掃的模樣。

『我已經做出死亡宣告了，腦袋有問題的紅魔族少女應該會率領夥伴前來攻打吧。在這裡乾等也是枉然，得恰當地配置屬下的工作及設置陷阱才行。話雖如此，難易度也必須適當得宜。要是無法引導他們前來此處，我也會過意不去。』

說完，他和不死騎士們一起下達指示，並著手製作陷阱，召開作戰會議。

他看起來非常樂在其中耶，是我的錯覺嗎？

隔天，無頭騎士也踏著輕快的步伐，努力打掃城堡和設置陷阱，結果一陣衝擊又撼動了古城。

當他飛奔而出時……只見城牆又出現了新的破壞痕跡。而且他設置完畢的陷阱似乎也因為剛剛那陣衝擊而毀壞了。

『還、還沒嘗到教訓是嗎……』

他的頭顱從手中滑落，在地面上滾啊滾的，而畫面到此處就中止了。

我們全都不發一語地坐在沙發上，每個人都低下頭，一句話都說不出來。

就連芸芸都雙手掩面，大大嘆了口氣。

「……這可以當作攻打魔王軍的參考嗎？」

「『不予置評。』」

雖然對方是魔王軍的幹部，但她們也認為這一切都是爆裂女孩的錯吧。

「那個……可是，惠惠應該也有優點吧？呃，那個，比如個性勤儉，什麼都能吃得津津有味……」

芸芸慌張地出言緩頰，讓人搞不懂誰才是魔王軍了。

方才浮現出光板的地方已經沒有畫面了，但琳恩還是皺著眉頭盯著那裡看。

「怎麼了？」

「剛剛我看無頭騎士還住在這個房裡的時候，他好像在牆邊的柱子附近不知在搞什麼花樣。我想應該是這根柱子吧。」

琳恩細心謹慎地對房間角落的圓柱進行調查。

我也有點興趣，便在後頭默默看著她的行動。但我怎麼看都覺得那是一根普通的柱子。

「這種時候要是有盜賊隊友就很方便了……只有這個地方沒有積灰塵，是不是最近有人摸過呢？好像有個突起處耶，我按！」

隨後似乎發出了「喀噠」一聲，接著柱子前方的地面便往一旁滑動開來，出現了一道向下的樓梯。

「這是密道嗎？既然這裡是城堡，就算有這種設備也不足為奇。」

「是啊。可以當作危急時刻的避難通道，或是連接到隱密的房間。」

不知何時站在我身後的克萊兒和蕾茵，看著隱藏階梯如此說道。她們毫無驚訝之色，立刻就接受了眼前的事實。

「哇啊～～跟我最近看過的小說好像喔！公主和近衛騎士執起了彼此的手，賭上性命逃離深陷火海的城堡！」

我把發花痴的芸芸丟在一邊，往樓梯深處看去。

因為沒有照明，根本看不清楚，但感覺滿深的。

「既然無頭騎士會使用這個密道，那裡面可能就藏有魔王軍的相關資料和寶藏了！如果是金銀財寶的話就更好啦！」

居然在意想不到的地方得到了大發橫財的好機會！

在這裡大賺一筆的話，暫時就不用為錢所苦了。

「那一定要下去看看啊！如果能拿到貴重的情報，依麗絲小姐一定也會為之欣喜！」

「要是能立下大功，不僅地位得以提升，或許還能得到國王陛下賞賜的特別報酬呢！」

克萊兒和蕾茵都毫不猶豫地選擇一探究竟。

「我、我也有點興趣！」

芸芸膽顫心驚地舉手表示贊成。

「嗯——雖然實在不能讓兩位貴族暴露在危險之中，但妳們也沒打算收手吧？」

「正是如此。準備好提燈，我們出發吧。」

大概是因為眼前不是平常那些熟面孔，琳恩才會不太情願吧。如果有奇斯和泰勒在就可靠得多，現在也只能接受現況了。

「我來打頭陣，妳們不要發出太大的聲響喔。」

平常應該由重裝備的泰勒負責領路，但如今只能由我代班了。

而且走在最前面的話，一發現寶物，我也可以先下手為強！

我將提燈點亮照著前方，並小心謹慎地走下樓梯。

如果從前面算起，隊伍的順序是我、琳恩和芸芸，蕾茵與克萊兒則跟在離我們稍遠之處。

通道的牆面和天花板都由石頭砌成，看上去十分堅固。樓梯呈螺旋狀往下延伸，可見此處並不是作為避難用途，連接到隱密房間的機率比較高。

這樣一來，就能期待下方有寶藏了。

「如果真有寶藏，妳們覺得會是什麼類型的？」

一直往下走也挺無聊的，於是我回頭向其他人拋出了話題。

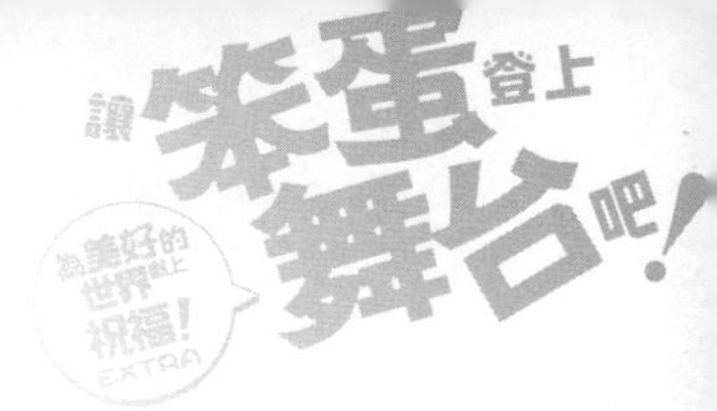

「既然他是魔王軍幹部，可能是武器或防具之類的吧？」

「啊～～琳恩實在太沒有夢想啦。芸芸覺得呢？」

「這個嘛，無頭騎士先生會不會藏了人類朋友呢？或是將少女藏匿在隱密的地方……」

如果無頭騎士真的做出這種事，那怎麼看都只像是心懷不軌所犯下的綁架監禁之罪。

從外觀上來看，他確實很像會把某人軟禁在地下室裡就是了。

沿著螺旋梯繼續往下走，我們抵達了一處被鑿成圓弧形的空間。牆上只有一扇門，上頭還掛了個鎖。

我豎耳傾聽，但門的另一頭卻聽不到任何聲響。看來門後方應該沒有生物。

「現在成員中沒有盜賊，就只好硬上了。妳們還是先提高警覺吧，可能也會出現怪物或陷阱之類的喔。」

破壞門鎖之後，我緩緩地打開門——結果看見身穿一襲黑色燕尾服，戴著面具的惡魔，坐在一張類似王座的椅子上頭。

「呼哈哈哈哈！勇者們，真虧汝等能找到這裡啊！看到這個出乎意料的發展，覺得期望落空而失望透頂的負面情感，實在太美味啦！」

「巴尼爾先生！」

「……你在幹嘛啦，老大。」

老大從椅子上站起身，笑得將身體向後仰去。我對他投以冷冰冰的視線。

眼前的景象實在太令人意外了，讓我無從驚訝，反倒是莫名冷靜。

「唔。吾聽說這座古城是無人持有的空屋，心想或許能打造成心目中最棒的迷宮，因此從很早以前就來場勘過很多次了，而這間密室就是當時發現的。由於地下室的濕氣與涼爽程度都恰到好處，適合用來保存食材，所以吾就將這裡當作倉庫使用。」

難怪椅子旁邊堆著一些類似寶箱的物品。

「呃，你是巴尼爾先生吧。好久不見。」

「先前受你關照了。」

這麼說來，蕾茵和克萊兒跟老大是舊識吧。回想起第一次見面時，她們也和老大一起。

「這不是土氣又沒存在感的少女，以及想對主人出手，卻礙於忠誠心而遊走在危險地帶的女孩嗎？」

「土氣……」

「才、才沒這回事！我對主人只有仰慕之情，絲毫沒、沒有任何下流的想法！」

蕾茵一臉消沉，克萊兒則亂了陣腳。

絕對是騙人的。這傢伙對待依麗絲的方式不只是寵溺而已，在各方面都很可疑。

「巴尼爾先生，你到底是何方神聖？我認為你並非等閒之輩。雖然你和這些人都有交情，看起來卻不像個冒險者。」

聽到克萊兒這個理所當然的提問，老大便伸手撫摸自己的下顎，並揚起一抹壞笑。

「吾的主人不是說過了嗎？吾是八兵衛啊。除此之外還需要其他說明嗎？」

「說得……也是呢。請恕我失禮。」

光聽這番話就心服口服了喔。

「老大，八兵衛是什麼意思啊？主人又是指誰？」

「這是祕密。任誰都有一兩個不能對外透露的祕密，對吧……隱瞞了過去的小混混冒險者啊？」

他用只有我才能聽見的聲音，呢喃出最後那一句話。

被他這麼一講，我不就沒得反駁了。

「各位會來到此地也是種緣分，而且女孩子的比例很高，這樣正好。要不要購買吾所開發的新商品呢？」

老大把看似寶箱的箱蓋開啟，從中取出了一個小紙盒。

盒子上用偌大的文字寫著「減肥藥」。

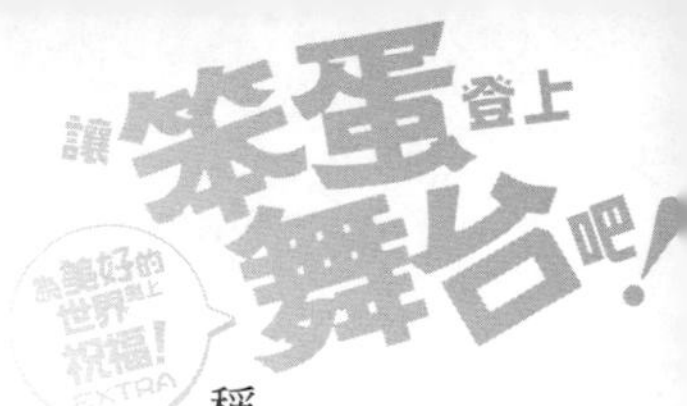

這就是用安樂少女果實的成分製成的東西吧……

「這是怎麼吃也不會變胖的夢幻食品。不會讓體重增加，卻擁有足以果腹的美妙滋味，堪稱是極上的食品啊！」

「巴尼爾先生是商人嗎？你明明有可以輕鬆踢飛騎士的怪力耶！」

「先前和你暫別之時，你好像說過自己身兼諮詢師和魔道具店的打工人員……」

蕾茵嚇得不輕，克萊兒則雙手環胸歪起了頭。

「有時是八兵衛，有時是諮詢師，有時又是魔道具店的打工人員。吾便是如此啊！」

聽到這番說明，只會讓人覺得他就是個怪人罷了。

再加上大惡魔這個頭銜，感覺就更可疑了。

「這個話題先就此打住吧。現在有促銷活動，要不要考慮買一組呢？這個商品對於在茶會時吃了主人提供的茶點，並因為貼身護衛的工作，導致外出機會驟減、運動不足，開始在意起腰圍的人最合適了。」

「嗚！」

蕾茵和克萊兒同時喊出聲來，並倒退一步。

看來是心裡有數呢。

「雖然聽起來很誘人，但我不認為真有這麼便利的食品。」

「就是說呀。如果這不是騙局的話，那我倒是挺想要的……」

雖然深受吸引，但她們遲遲無法踏出購買的那一步。

這時，老大立刻將臉轉向琳恩。他打算轉移目標嗎？

「汝要不要考慮看看？最近手頭還算寬裕，就懶得出去冒險了，但汝的食量卻跟平常沒兩樣對吧？有確實把吃進去的熱量消耗掉嗎？雖然沒有可以裸裎相對的對象，但汝是不是太掉以輕心了呢？」

「哈嗚！才、才沒有呢！」

琳恩，妳一臉動搖地盯著肚子看耶，太沒說服力了。

只見老大滿意地點點頭，接著又看向芸芸。

「不、不管你再怎麼推銷，我都不會買喔！」

「這項商品還沒上市，因此缺乏話題性，但未來肯定會立刻躍升為暢銷商品。應該短時間內就會供不應求，滿街都是想花錢購買的女孩吧。屆時如果有人持有這項商品，汝覺得會發生什麼事呢？」

「應、應該會希望那個人讓出來吧……」

「正是如此！就算自己不使用，但只要整箱購買，持有本項商品，就一定會被女孩們團團簇擁，大受歡迎。不用懷疑，汝的朋友會一夕間瘋狂暴增。現在吾可以用友情價特別便宜賣給

汝喔。」

「朋、朋友……」

芸芸搖搖晃晃地走向了老大。

慘了，她完全中計了嘛。

老大真的很有生意頭腦耶。要是沒跟那個窮光蛋老闆維茲搭檔，應該會賺到更多錢吧。他是不是有什麼目的啊？

「各位一定在想──真的有這麼神奇的食品嗎？吾也能理解這種疑慮。既然如此，就開放讓各位試吃一口吧。來，請用。」

他從盒子裡取出內容物，是個一口大小的甜饅頭，上面還烙印著老大的面具圖案。

雖然這設計感有點奇葩，但看起來沒什麼大問題。

女孩們只是緊盯著商品瞧，誰也沒有伸手。我能理解她們的心情，畢竟真的太可疑了。

「哎呀，各位還是有所警戒嗎？這項商品已經經過安全認證了，各位大可放心。吾先前讓無能老闆試吃之際，可是深獲好評喔。她現在每餐飯前都一定會吵著要吃一個呢。吾怕她會吃光所有存貨，因此決定由吾這邊保管。」

聽完老大的說明，女孩們都皺起眉頭，似乎越來越不相信他了。

如果剛才這番說明可信，那麼會成癮的效果就是來自安樂少女果實的成分吧……這玩意兒真的安全嗎？

琳恩她們雖然還有戒心，卻又很有興趣地直盯著老大遞上前的商品，口中還唸唸有詞。我離開她們的身邊，站在老大身旁向他耳語道：

「……老大，這東西真的對人體無害嗎？」

「已經經過實驗證實了。這只會產生些許依賴性，讓人渴望到無以復加而已，所以沒什麼問題。不談幻覺現象的話，實驗結果也是成功。吃了這個也確實會變瘦，但其中的營養價值也提升了不少，所以不可能餓死。只要忍耐一週左右，依賴性就會慢慢減退了，不用太擔心。」

這樣一來就沒問題了吧……不對，大有問題啊。

我心中還是有點不安，但老大雖然喜歡騙人，卻不曾害人性命，應該可以信任他吧。

「最理想的狀況是將消息傳遍大街小巷，讓一堆人上癮之後就銷售一空。五天後一取得追加數量，就大肆宣傳，讓城裡的女孩們蜂擁而至。正當堆積如山的商品即將展開販售之際，再用一場神祕的大爆炸將商品炸得灰飛煙滅。這樣就能一口氣取得大量美味無比的負面感情了，汝不這麼認為嗎？」

「或許是能取得負面感情啦，但跟城裡的女孩們為敵之後，我覺得老大應該沒辦法全身而退耶……」

女人為了變美的執念是很恐怖的。

做出這種缺德事，就算被謀殺也怨不得人喔。

我瞥了那個商品一眼，只見那群女孩們似乎還沒死心，依然猶豫不決。

「吾不明白各位是在煩惱什麼，但既然無心購買，吾就拿去向其他人兜售吧。外頭還很多人搶著要呢。」

老大伸出手準備收拾商品，結果所有人都一把抓住了他的手。

「能請你再稍等一下嗎？好、好吧，我決定了！我要吃！」

「我、我知道了，那我也一起吃吧，克萊兒小姐！」

「那我也吃一口看看吧。」

「這、這樣的話……我不想被大家排擠，所以我也要吃！」

她們伸手取過甜饅頭，互看了一眼之後，便同時將其吃進嘴裡。

在口中咬了咬，並吞進肚子裡去。

「「「好好吃喔！」」」

吃完以後，所有人異口同聲地叫了出來。

「不僅帶有清爽不膩口的甜味，還有唇齒留香的芳醇香氣，口感也極佳！而且明明只吃了一個，止饑的效果卻恰到好處！」

克萊兒的雙眼閃閃發光，對商品大力稱讚。

連平常吃盡山珍海味的貴族都讚不絕口了，可見這甜饅頭真的非常好吃吧。

我雖然也產生了一點興趣……

「啊啊，停不下來啊。這實在太美味了，讓人根本無法停手！」

「這是什麼！完蛋了，我停不下來啊！」

「雖然也想讓惠惠嚐一口試試看，但還是得先由我細細品嚐過後再推薦給她！」

但看到爭先恐後地伸手搶奪的女孩們之後，我就打消了念頭。

眼前的景象根本就是朝活人直撲的不死族嘛。這東西真的沒問題嗎？

「喂，再來就要收錢了！不要擅自打開商品！想要的話就乖乖付錢！」

琳恩等人吃完試吃品後，打算對裝滿商品的箱子出手，但被老大給制止了。

結果芸芸和琳恩都買了好幾個。

克萊兒和蕾茵甚至買了一整箱。

「吾的眼光果然沒錯。吾就加碼贈送特製的巴尼爾面具給這兩位老客戶，想必兩位的主人應該會很開心吧。而汝為吾帶來了這兩位貴賓，所以也收下這份謝禮吧。」

老大把面具遞給我，款式跟他臉上戴的那個一模一樣。

「啊，好好喔～～」

芸芸滿心羨慕地看著老大送我的面具。

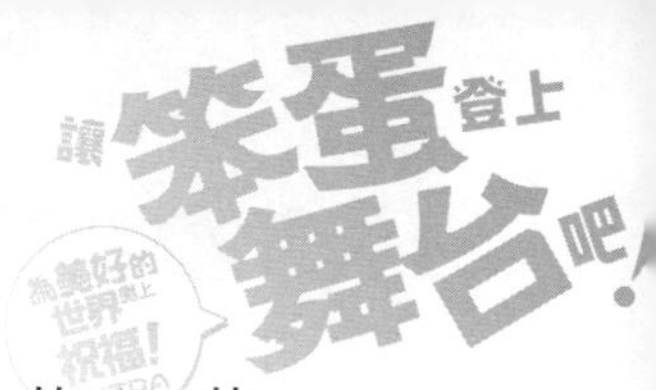

沒想到這東西這麼受歡迎啊。等我缺錢的時候再賣給芸芸好了。

「依麗絲小姐一定會很高興，但真的要送給她嗎？發生過那件事之後，她好像覺得當義賊劫富濟貧就會受到稱讚，我擔心情況可能會惡化。」

「就是說啊，以立場而言也是大有問題。但她最近越來越熱衷，似乎真的很想學習盜賊的技能呢。」

堂堂一國王女居然熱衷於義賊的行為？這是怎樣啦。妳們這兩個教育專員要是不卯起來阻止她，後果可是會不堪設想喔。

……她們口中的義賊，應該是我最近也時有耳聞，專挑風評極差的貴族下手的銀髮二人組吧。我記得他們是用跟巴尼爾老大類似的面具掩面示人。

先前爆裂女孩跟芸芸也說過要組織盜賊團協助那兩個義賊，為此還打算邀我入團。當時依麗絲好像也在場……原來如此。我終於發現她們之間的關聯性了。

在那之後，大家似乎也無心繼續冒險了，於是老大隨意將裝滿商品的箱子送到轉運商那裡以後，委託就大功告成。

畢竟我確實收到款項了，所以也沒話好說，但克萊兒跟蕾茵這樣就心滿意足了嗎？總覺得她們滿腦子都是老大的商品。

琳恩跟芸芸也帶著各自購買的商品立刻回家了。

正當我也打算回去的時候，老大開口喊住了我。

「這項商品一定會掀起搶購風潮，吾的人力也會越來越短缺。汝有興趣來幫個忙嗎？吾會給汝一筆津貼。」

「啊～～雖然對老大有點不好意思，但我已經收到錢了，所以想暫時爽爽過生活耶。」

「是嗎？真是太可惜了。吾還打算給汝員工專屬優惠，以及優先購買的特權呢。這項商品絕對會大受女孩歡迎，並銷售一空。如果她們發現有個男人早一步得到了這個東西，應該不會默不吭聲吧。雖然很遺憾，但吾也不喜歡強人所難。」

「別這麼見外嘛。我跟老大不是摯友嗎？這點小事我當然會幫忙嘍！」

我緊緊握住老大的手，和他達成了契約。

幫他把貨物送到魔道具店後，維茲便體貼地送上了茶水。

「有沒有酒啊？便宜貨也行。」

「酒嗎？這個嘛，酒放在哪裡啊？」

「厚臉皮的小混混還真是死性不改呢。別拿酒給他，既然他想攝取酒精，那就給他喝消毒液吧。別說這些了，吾放在這邊的新商品怎麼不見了呢？」

老大盯著貨架上頭瞧，似乎在找些什麼。

當維茲的視線開始游移不定，行為舉止也變得可疑時，我發覺事有蹊蹺，便站了起來。

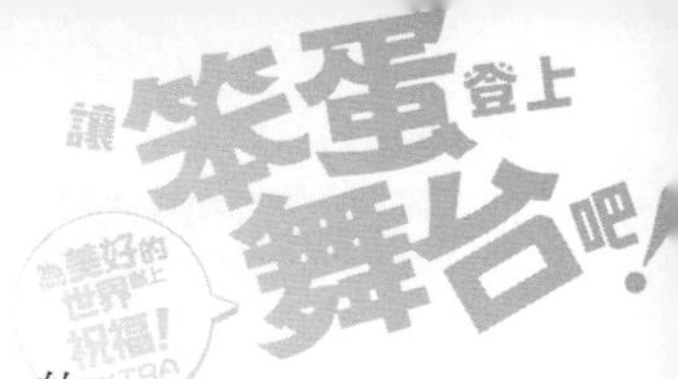

反正她一定又闖了什麼禍，等等又要被罵了。

「老大，我明天再過來問你銷售方面的事情吧。」

在掃到颱風尾之前，我要立刻離開現場。

維茲那雙含淚的眼神，正在哀求我不要離開，但我沒理她。我也想盡可能地傾聽美女提出的訴求，但我可沒這麼魯莽，才不會讓自己和老大為敵呢。

在我關上門的瞬間——

「吾放在這邊的兩個面具到哪裡去了！那可是特製品，能讓配戴者的靈魂互換……」

——就聽見了老大的怒吼聲，所以我加快腳步離開了魔道具店。

一定是老大從眼睛射出了神祕的光線，我的身後才會忽然光芒乍現吧。

這時維茲應該已經焦黑一片了。我在心中為她合掌祈福，便立刻趕往公會的酒吧。

今天我要喝個夠，因為金錢方面已經不成問題了嘛！

6

視線一片模糊。

我的眼前彷彿蒙上了一層霧靄，也分不清自己身在何處。

而且能見範圍感覺也很狹隘，簡直就像戴上了面具似的……

將手碰上臉頰後，我摸到了一個堅硬的觸感。

啊，對喔。我好像喝得爛醉，躺在床上睡著了。到這裡我還有印象。

雖然覺得燈光很刺眼，但起身關燈也很麻煩，於是我索性將老大送我的面具當作眼罩戴上，倒頭就睡。

「蕾茵，那不是要送給愛麗絲殿下的伴手禮嗎？妳幹嘛戴上去啊？算了，說不定戴著面具，愛麗絲殿下會願意聽我們說話。我們快點過去吧。」

這個聲音……是克萊兒嗎？

克萊兒怎麼會出現在我房間啊……而且她剛剛說了「愛麗絲」耶。在我面前說溜了嘴，難道不會引發種種問題嗎？

我這麼心想，並頂著暈沉的腦袋跟在克萊兒身後。

當視線逐漸變得清晰時，我才開始意識到周遭的景象。

腳下的走廊，鋪設了價格不斐的柔軟絨毛地毯。

我揚起視線，發現天花板很高，上頭還垂掛著做工奢華至極的水晶燈飾。

「啥！這是什麼地方啊！」

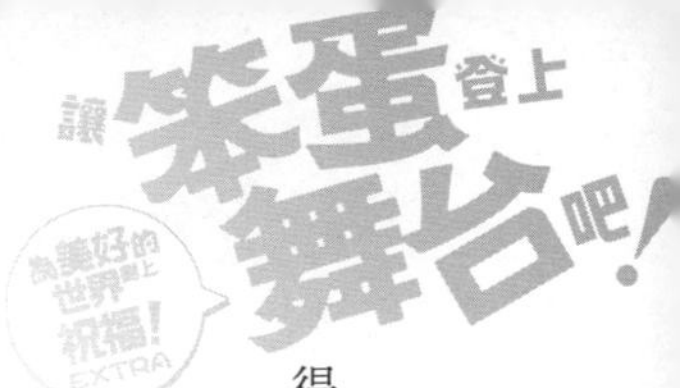

「妳怎麼忽然發出這種愚蠢的聲音？明明沒有喝酒卻在發酒瘋嗎？要我解釋這種事真是傻得可以，但這裡當然是王城啊。」

……什麼？

我頓時血色盡失，與此同時，四周的景色也鮮明起來。

走廊上自然而然地擺放著無數高貴無比的裝飾品，而走廊本身也長到看不見盡頭。

窗外雖然昏暗，但從平民百姓家中傳出的燈火，宛如綴在空中的星塵般閃耀著光芒。

啊～～從王城眺望城下小鎮的夜景，原來是這種感覺啊。

……眼前的光景簡直栩栩如生，但應該是我在作夢吧？

「怎麼了，蕾茵？愛麗絲殿下正在等我們喔。沒時間磨蹭了。」

也就是說，現在的設定……是我變成了蕾茵嗎？

雖然我沒什麼印象，但我應該是乘著醉意去了一趟夢魔店，向蘿莉夢魔訴說了今天發生的事情，並委託她幫我編織春夢吧。

因為在湖邊沒能好好觀賞到裸體美景，所以我很扼腕。我應該是帶著這股不甘心的心情，才想體驗一下她們遇上情色場景的美夢。

連我自己都覺得這個推測太合理了。我每一次喝酒就會闖下大禍的事蹟可不是蓋的。

那就讓我好好享受角色扮演的樂趣吧。我就來審核一下，看蘿莉夢魔的春夢等級提升到何種程度。

「請等一下，克萊兒……小姐。」

蕾茵的說話方式應該是如此吧。

在走廊上前進了一會兒，我們便在一扇光看就十分貴氣的門扉前停下腳步。這裡就是愛麗絲的房間吧。

不過，蘿莉夢魔是在哪裡調查到王城的裝潢情報啊？舉凡走廊的設計和裝飾品，在細節部分都重現得十分完整。

啊，她事先調查了跟我們今天造訪過的那座古城很相似的地方嗎？真是如此的話，那她還真有一套耶。我對她的評價上升了十分。

克萊兒始終站在門前，不斷地進行清喉嚨和原地踱步的動作，似乎沒打算採取更進一步的行動。

她似乎想開口向愛麗絲搭話，但她之前說過愛麗絲在跟她鬧脾氣，所以她才遲遲下不了決定吧。

就連這種一眼就能看穿的心境呈現方式，蘿莉夢魔都沒有絲毫馬虎。突然就從色色的場景開始也不錯啦，但我也不排斥這種迂迴的戲碼。對蘿莉夢魔的評價再上升五分。

不枉費我每次都對她的夢境抱怨連連啊。師父為徒弟的成長感到欣慰就是這種感覺嗎？今

天就讓我瞧瞧妳的真本事吧！

「妳不跟愛麗絲殿下說一聲嗎？」

「我知道啦！但要是愛麗絲殿下不肯跟我說話怎麼辦？一想到這裡，我就……」

「沒事的，愛麗絲殿下也只是在鬧彆扭罷了。她應該也很想聽聽克萊兒小姐的聲音。」

我漾起一抹溫柔的笑靨，並如此激勵克萊兒。

……我的演技如何啊！實在自然到極點，去當冒險者真是暴殄天物。

既然蘿莉夢魔提供了這麼棒的舞台，那我也該拿出最精湛的演技，完美演繹出蕾茵這個角色。

「是、是嗎？妳說得沒錯。好！……愛麗絲殿下，我是克萊兒。」

她敲敲門，喊出了愛麗絲的名字。

現場暫時籠罩了一股靜默。

「什麼事……」

一道有些不悅的聲音，隔著門板傳了出來。

聽起來雖然帶了點怒氣，但真要說的話，這不過就是小孩子在鬧脾氣而已。

「前陣子是我說得太過分了。我正在深切反省。」

「那妳同意讓我跟兄長大人見面了嗎？」

「這可不行。那個男人對您的教育有害無益！」

「我最討厭克萊兒了！」

結果她一口回絕了。

喂喂，克萊兒現在癱倒在地上猛抓絨毛地毯耶。

這時就由飾演蕾茵的我出面調解，提升好感度，為之後的色色發展埋下伏筆吧。

「愛麗絲殿下，其實我們今天去了阿克塞爾一趟。」

「咦？妳們去了阿克塞爾？真的嗎！」

此時有某個物體撞上了門，傳來「咚」的一聲。應該是愛麗絲太過驚訝，撞到頭了吧。

「是的。克萊兒小姐希望未來能讓愛麗絲殿下做一些……體驗冒險者的生活，因此和我一同進行了事前調查。」

「冒險者！……妳們沒有騙我吧？」

「句句屬實喔。對吧，克萊兒小姐？」

「是的，沒有錯！因為鄰國埃爾羅得的那起事件，現在無法讓您擅自外出，但只要把那件事解決，您就能重獲些許自由了。所以……」

門微微敞開之後，愛麗絲便從門縫中探出臉來，揚起視線緊盯著克萊兒看。

「一定要……遵守約定喔。」

「那當然！我賭上詩芳尼亞家的名義在此發誓！」

「那我就原諒妳。」

於是愛麗絲打開門，露出了滿面笑容。

那張笑靨雖然天真無邪，卻有種說不上來的高雅氣質。近距離看見這個笑容的克萊兒忍不住腿軟。

「呼……呼……這股滿溢而出的情感是怎麼回事？」

……這叫作慾望喔。

貴族真的沒一個正常人耶。

「啊，差不多該去洗澡了呢。我一直窩在房間裡，把這件事忘得一乾二淨了。」

哎呀，要上演經典的洗澡橋段了嗎？

色色事件總免不了這種戲碼呢。再來就會演變成男女在更衣室偶然撞見彼此，或是沒發現某一方已經先進入浴室的混浴事件。

雖然是基本中的基本，但這並非老哏，而是無可避免的主流發展。

蘿莉夢魔，妳很會嘛。再給妳加二十分。

「是啊。我們很久沒有一起洗澡了，您意下如何呢？我們也想跟您分享在阿克塞爾體驗了哪些冒險者的工作。」

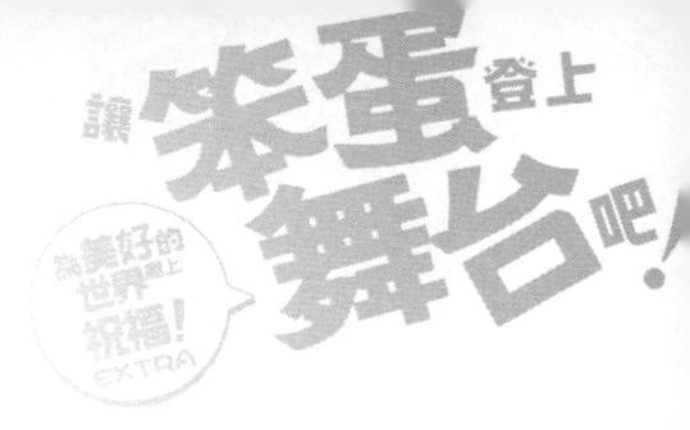

「這主意不錯呢！我也想聽聽蕾茵為什麼會戴著這個超棒的面具！」

「和巴尼爾先生再次碰面時，也發生很多插曲呢。」

「那我們趕快去洗吧！克萊兒，妳也不要在牆邊抖來抖去了，快走吧！」

愛麗絲抓住克萊兒的手，並拉著她往前走。

克萊兒帶著一臉陶醉的糟糕表情轉過頭來，對我豎起拇指，露出愉悅到最高點的笑容。

一切都準備就緒了。這樣一來，如今飾演蕾茵的我也可以一同入浴。

我追在興奮不已的兩人身後進入了更衣室，發現她們已經在脫衣服了。

「等、等一下啦，克萊兒，就說這樣很癢了。」

「我們都是女生啊。別、別害羞了，呼……呼……快、快一點。」

少女扭著身子笑個不停，克萊兒則喘著粗氣朝她逼近。

完完全全就是個可疑人物。但現在我很感謝她。

我可以大膽斷言，世界上任何一個男人都不會錯過眼前這個年輕女孩們互相寬衣解帶，扯得難分難捨的美景！

「就說了我可以自己脫嘛！請妳不要一直盯著我看。」

「這、這樣啊。那我也脫吧！這樣就無所謂了吧！」

愛麗絲和克萊兒都在我面前大膽地褪下衣物。

雖然她一天到晚都穿著白套裝，看不出體態如何，但她挺有料的嘛。

當她脫下白套裝的外套時，就能看出比想像中更加傲人的曲線，將上衣高高撐起。

愛麗絲留意著邊脫衣服邊死盯著她看的克萊兒，同時褪下了衣物。

白皙的肌膚宛如毫無瑕疵的瓷器一般。雖然現在還太年輕了，但未來似乎前途無量呢。對幼女有興趣的傢伙或許會為此興奮不已，但我還是將成熟的胴體擺在第一優先。

正當我心中浮現出這股想法時，她們已經圍上浴巾，打開連接浴室的門了。

「來吧，如今阻礙我倆的衣物已經消失無蹤了，我們就裸裎相對吧！」

「這眼神還真可怕……妳還在做什麼？穿著衣服就不能跟我們一起泡澡嘍。」

看到我自始至終都穿著衣服的模樣，愛麗絲連忙催促我脫下衣服。

與其在意我沒脫衣服，跟克萊兒單獨走進浴室這件事應該更恐怖吧。

「知道……我明白了。」

現階段我再不脫衣服的話，會讓她們產生疑心。我想起自己現在是蕾茵之身，便斟酌用字遣詞，慎重地以恭敬的語氣回話。

畢竟我從沒穿過女性的衣物，所以費了一番功夫才脫下來。而且我還戴著老大送我的面具，視線被侷限在某個範圍內，看不太清楚。

根據夢境設定，這個面具只是為了開啟話題才故意配戴的，所以可以拿下來吧。我也想好好欣賞蕾茵的軀體嘛。就先把這個面具——

7

「咦？」

我聽見一陣吵嚷聲。

眼前那些一臉蠢樣的熟面孔們，正在公會酒吧中大喝特喝。

啥啊啊啊！我從那個美夢場景中醒過來了嗎？

給給給我等一下啊啊啊！那可是最精采的畫面耶！

喂喂，不要讓我在喝酒之後的小憩時間作春夢啦。應該等我回到房間後再讓我作夢才對吧。

呃，可是我記得自己喝完酒以後，就回到旅店房間裡了啊。難道那也是夢境的設定嗎？

該不會現在也是夢境的延續吧？

我試著往自己臉上打了一拳，但是痛死了。此處是現實世界沒錯。

「幹嘛突然揍自己的臉啊？你瘋了嗎？」

這個滿口胡言的人是泰勒吧。

這傢伙似乎也醉得一塌糊塗，整張臉都紅了。

「事到如今可不能反悔啦。訂金已經付出去了，你再怎麼掙扎都沒有用嘍。」

奇斯拍拍我的肩頭，他的心情好得不得了。

琳恩好像不在現場，但眼前似乎就是隊友們和一些見過面的冒險者聚在一起喝酒的畫面。

「啊——我作了一個怪夢。我夢到自己戴著巴尼爾老大的面具……」

「你現在不也戴著那個面具嗎？」

奇斯指著我的臉這麼說，於是我伸手一摸，確實摸到了面具。

我將面具摘下後放在桌上，並緊盯著它看。

這股煩躁不安的感覺是怎麼回事？嗯……我喝醉之後，回到旅店睡著了，接著夢見自己待在王城裡。

然後我從夢中醒來，現在身在此處。

「喂，我是什麼時候到酒吧來的？」

我向兩位隊友拋出這個單純的疑問。

「今天的達斯特跟平常不太一樣，感覺很有趣耶。我們要來喝酒的時候，聽說你已經喝完走人了，沒想到你又滿臉通紅地戴著面具跑回來，看起來超可疑的，我們就叫你過來一起喝酒啊。」

「你一開始還用彬彬有禮的女性口吻講話，有夠噁心。我還覺得你怪怪的，心想以後你喝醉時要多加留意才行。而且開喝之後，你就高高興興地說：『啊！這是在作夢吧！我從以前就很想試試看替別人買單這種揮霍金錢的事情了！』接著又大聲宣布：『今天的酒錢全部由人家買單！』」

根本就喝茫了嘛。嗯嗯？……泰勒的說明中似乎有個疑點。

「喂，你剛剛說什麼？」

「說你講話像女生——」

「不是這個。我是問最後那句話！」

「幹嘛突然這樣啊？你是說你要付酒錢這件事嗎？」

泰勒一臉納悶地看著我。

奇斯也啞口無言地盯著我看。

酒吧裡的人陸續喝完杯中物，還毫不客氣地加點酒跟下酒菜。

「達斯特，你最近出手很大方嘛。我就不客氣地盡情點菜嘍。」

「給我把菜單上的東西照順序全端上來！一想到是別人出錢，就覺得比平常更美味了！不用勞力就能換來的飯菜最棒啦！」

「我要點最昂貴的酒！今天我要喝個痛快啊啊啊！」

喂喂，這是在開玩笑吧。這些傢伙大吃大喝的帳目要是算在我頭上，今天得到的報酬就全飛了耶。

「喂！混帳！不要再喝了！喂，別再端東西過來了！呃，不要抓著我！放手啊！」

即使我拚死抵抗，但似乎早就給出去的那筆鉅款還是被他們全花光了。我今天的收入全數歸零，更慘的是這些錢還不夠付，變成負債了。

終章

為公主殿下獻上一夜美夢

「老大！這個面具是怎樣！」

我走進魔道具店發出怒吼，但因為躺在地上的維茲太擋路了，我就先把她踢到角落去。

看了我遞到眼前的面具，巴尼爾老大便將手抵上額頭，還搖了搖頭。

「昨天拿給汝的面具果然是那個啊。難道這個無能老闆背負了某種宿命，非得搞出這些無謂的麻煩嗎？」

老大狠狠瞪過去的目標，就是剛剛被我踢開的維茲。

「不要擅自歸納出結論，快告訴我這是什麼東西啦。」

「這是參考某個魔道具想出來的商品，是兩個一組的面具。這個道具十分有趣，只要雙方同時戴上面具，靈魂就會對調。」

也就是說，我的靈魂跑進了蕾茵的體內，而蕾茵的靈魂進入了我的身體嗎？

「所以昨天並不是在作夢啊……可惡啊啊啊！早知如此，我就可以更加為所欲為了！可以揉胸部、在鏡子前做一些性感姿勢，或是倒追帥哥，讓他在我身上砸一大堆錢，等我賺夠以後再把他痛罵一頓啊啊啊！」

因為實在太不甘心，我頓時腿軟雙膝跪地，用拳頭在地上猛捶好幾下。

如果昨天發生的事全是現實，我想做的事可是多到數不清啊。

「看來汝碰上了很有趣的事情呢。」

「我笑不出來啦！這個面具害我賠光了薪水，色色場景也看得不夠盡興啊！」

「要抱怨的話，就去找地上那個嫁不出去的老闆吧。誰教她把送給老客戶的面具跟高級面具放錯位置。」

要洩憤的對象都已經大翻白眼，渾身焦黑了，我還能拿她怎麼辦啊。

「她都變成這副德性就算了吧。不過，等一下……只要有這個面具，要是蕾茵在毫不知情的狀態下戴上的話，靈魂就能交換嘍？」

「很遺憾，辦不到。為了杜絕犯罪行為，這項商品只能使用一次，無法發動第二次。魔力特別高強的人或許還行，但汝應該沒辦法。」

這個道具居然只能用一次喔。

我很想把蕾茵抓過來，想盡辦法逼她拿出酒吧的費用，但這輩子應該沒機會再見到她們了吧。

因為跟老大作對肯定沒好事，於是我就不再追究，轉身離開魔道具店。

我得想辦法處理空空如也的錢包才行，但在那之前我想先填飽肚子，因此我思考著要去吃艾莉絲教的愛心伙食，還是去偷雜貨店老闆的便當來吃。就在此時，我看見芸芸走進了咖啡廳。

肥羊來得正是時候呢。只要我在店裡下跪向她磕個頭，即使她會抱怨連連，還是會請我吃飯。

正當我也跟著走進店裡時，就發現芸芸躁動不安地坐在窗邊的位置上。

在她旁邊的人……不就是爆裂女孩嗎？那傢伙很囉唆，又號稱是芸芸的監護人，所以非常棘手。

今天就打消念頭回家去吧——我原本是這麼打算，但一看到坐在芸芸她們對面的兩個人，我就改變心意了。其中一個女人身穿遠看也十分醒目的白套裝，另一個穿著土氣的少女則鐵青著一張臉。

克萊兒和蕾茵找她們做什麼啊？

「蕾茵，振作點，妳看起來就像宿醉一樣喔。昨天妳也戴著面具，感覺怪裡怪氣的。」

「非常抱歉，克萊兒小姐。我應該是作惡夢了吧。我隱約記得自己在夢中變成了冒險者，還灌了一大堆酒……」

蕾茵在說話的同時還撬著嘴巴。看來她以為昨晚互換靈魂只是一場夢。

這四個人的組合讓我湧起了好奇心，於是我小心翼翼地在她們的視線範圍外移動，並在她們身後的位置坐了下來。

坐在這裡就能更清楚地聽見她們的談話內容了。

「今天請兩位前來並無他意，正是為了商討愛麗……依麗絲小姐的事。」

「惠惠小姐，好久不見了。和真先生近來也無恙嗎？妳今天沒有帶他一同前來呢。」

「他今天好像要忙著耍廢睡大頭覺，所以乖乖待在家裡。」

蕾茵雖然問得戰戰兢兢，但聽到惠惠的回答後，便安心地鬆了一口氣。克萊兒也同樣放下了心中大石一般。

……她們居然對和真警戒到這種程度啊。和真對她們做了什麼事情嗎？下次把他灌醉逼他招供好了。

「聽妳這麼說，我就放心了。今天是想拜託兩位一件事。聽說兩位是依麗絲小姐在阿克塞爾最要好的朋友。」

「朋友啊，耶嘿嘿嘿嘿。」

「別笑得這麼噁心啦。依麗絲不是我的朋友，只是團員而已，我是她的頭目啦。而且我跟她也算是勁敵。依麗絲是不是不顧自己的立場，盡說些任性話，讓妳們傷透腦筋了？她最近好

像都沒有來找我們玩。」

原來她們全都跟愛麗絲有關係啊。

聽惠惠的口氣，她似乎知道愛麗絲的真實身分。至於芸芸……應該還不曉得。

「我們本來就因為家務紛爭忙得不可開交了，現在又有鄰國使者來訪，因此依麗絲小姐現在不能隨便離開家門一步。就算撇除這些因素，她動不動就離家出走這件事，真的讓我們很傷腦筋。」

「我們獲得線報，聽說有人會幫助依麗絲小姐脫逃。不知為何，每當依麗絲小姐不見蹤影時，王都附近就會發生大爆炸，導致警備鬆懈……請問兩位對此是否心裡有數呢？」

聽克萊兒這麼一問，芸芸跟惠惠便渾身震顫地抖了一下。

「居、居然有這種人啊。簡直太不像話了！」

「對、對啊。我、我什麼事情都不知道，也沒有被惠惠威脅喔。」

一邊冒冷汗一邊胡扯出來的藉口實在破綻百出，肯定是這些傢伙協助依麗絲脫逃的。

她們故作吹口哨，打算一語帶過的模樣，感覺已經超越可疑的境界，變得十足可笑了。

「克萊兒小姐，下次再追究這件事吧，今天我們是有求於人的立場呀。」

接續話題的功力還真是了得。這樣一來，爆裂女孩跟芸芸就沒辦法拒絕了。

雖然看似是半威脅的狀態，但這也算是交涉的手段之一。

「有件事想請兩位幫忙。幾天前，我們和依麗絲小姐發生了一點口角，引發依麗絲小姐不悅，在那之後，她都板著一張臉刻意避開我們——」

「她鼓起雙頰的樣子像個小動物一樣，真是可愛呢。」

「克萊兒小姐，請妳稍微安靜點。昨晚與依麗絲小姐聊過之後，總算讓她的心情舒緩了些，但她也向我們抱怨了幾句，說她最近心力交瘁，累積了不少壓力。」

「我們只是她的護衛兼教育專員，其中的詳情她似乎無法輕易向我們開口。因此我們心想，既然兩位是依麗絲小姐的好朋友，或許知道能讓她轉換心情的方法。」

雖然只是個小鬼，但她也身負一介王女的重責大任吧。

囚於牢籠中的公主殿下啊……

「呃，可以說一下依麗絲是為了什麼事情而不高興嗎？」

「抱歉，是我說得不夠詳盡。畢竟這是家務事，不方便向兩位透露太多，但依麗絲小姐有一位優秀的兄長大人，目前正在前線與魔王軍交戰。在這段期間內，身為第一王……長女的依麗絲小姐，就接下了家裡的所有雜務……」

「以依麗絲的立場而言，煩死人的雜事應該多得要命吧。哎呀，要對芸芸保密才對。」

「我之前就覺得很可疑了，妳到底對我隱瞞了什麼事情啊！依麗絲這麼不諳世事，還有兩位貴族教育專員，怎麼想都太奇怪了吧！難不成依麗絲她是……」

唯獨芸芸對詳情一無所知。只見她抓著惠惠的肩膀用力地搖個不停。

「在這個世界上，有些事還是不知情比較幸福。」

「聽到這種話只會讓人更在意而已！蕾茵小姐，妳們也有事情瞞著我吧！」

「依麗絲小姐無法對外透露的細節，我們自然不能洩漏。而且一旦知情，搞不好會面臨砍頭的命運喔……這樣妳還想知道嗎？」

聽蕾茵這麼說，芸芸便用幾乎要把頭扭斷的速度拚命搖頭。

雖然蕾茵萬般歉疚地低頭道歉，但我也認為芸芸還是別知道太多比較好。

一旦得知依麗絲的公主身分，芸芸應該會緊張到無法跟她好好說話吧。

「可以回歸正題了嗎？」

「啊，不好意思，請妳繼續說吧！」

「因此，如果兩位知道依麗絲小姐的喜好或興趣為何，麻煩請告訴我們。」

「嗯～～她很喜歡冒險故事喔，之前她對和真的故事都聽得入迷了呢。她還說過很嚮往自由的冒險者生活。」

「這點我們也明白。哪怕只有一天也好，我們希望可以讓依麗絲小姐如願實現冒險者的夢想，因此我們也率先體驗了冒險者的工作內容。當時給妳添了不少麻煩呢，芸芸小姐。」

「沒、沒什麼啦。快把頭抬起來吧！那次我也很開心呀。」

「妳趁我不注意的時候拓展了交友圈嗎？」

爆裂女孩露出了有些賭氣的表情。

哎呀，她在嫉妒呢。雖然老是打打鬧鬧，但她們的感情還是很好。阿克塞爾的每一個冒險者都知道這件事。

「其他依麗絲感興趣的事情……就是龍騎士了吧。她很憧憬龍騎士無法跟公主殿下結為連理的悲戀故事。」

「妳是指那個綁架公主殿下，最後失去了貴族地位的那個魯莽的龍騎士嗎？我真搞不懂他哪裡好了。」

我也有同感。

「惠惠，妳怎麼這麼說呢！這明明是一樁佳話啊！」

愛作夢的少女應該會喜歡這種話題，但惠惠只對爆裂魔法有興趣，所以她打從心底覺得無聊。

克萊兒和蕾茵也都露出了微妙的表情。

「這件事在貴族界很有名呢。依麗絲小姐或許是將自己投射在故事裡了吧。」

「這麼說來，克萊兒小姐，現在不就有位鄰國的龍騎士以使節身分來訪王都嗎？不然請那位龍騎士載依麗絲小姐一程，讓她實現夢想，轉換心情如何？」

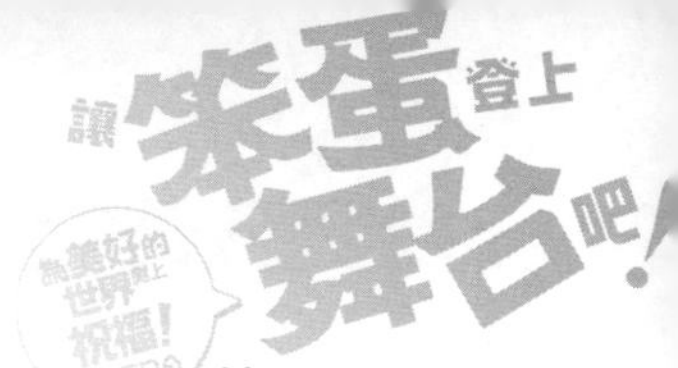

「不行，太危險了。以立場而言，這也是不被允許之事。」

後來她們又提出了各式各樣的想法，但看這情況，應該沒辦法讓她們請我吃飯了，於是我悄悄地溜出了咖啡廳。

「身為王女也是有很多煩惱呢。真讓人同情。」

我如此嘀咕著，但我自己也不曉得這句話是說給誰聽的。接著，為了排解這份煩悶的心情，我便往酒吧走去。

2

好啦，現在是怎樣？

我在酒吧沒看到認識的人，店員又不讓我賒帳，我就賭氣回家了。躺在床上時，我沒想太多就把老大送我的面具戴上，結果眼前的景象又出現了變化。

我看見一位戴著面具的金髮少女。

她穿著應該要價不斐的睡衣，不知為何，她還將床單當成披風圍在脖子上。

總覺得好像在哪裡看過她，但她的臉被面具擋住了，難以辨別。

「銀髮盜賊團依麗絲在此！」

她唰的一聲把床單當成披風般翻了一下，又在鏡子前擺出了奇怪的姿勢。

這傢伙是依麗絲，也就是愛麗絲公主啊。

我還以為又靈魂交換了，但情況似乎並非如此。

愛麗絲隨意地活動著肢體，我完全無法操控，看來應該只是靈魂共存而已。而且我的聲音和想法也沒有傳遞給對方，只能眼睜睜地盯著看。

「這個面具果然很帥氣呢。如果能和兄長大人一起戴上這個面具，進行義賊活動就好了。」

她這聲低喃聽起來很寂寞。

公主居然想當義賊。這麼荒唐的夢想，基本上是不可能實現。

「與其心懷這種夢想，我身為公主，還有更應該處理的工作。」

房間裡放了一張桌子。她將抽屜拉開，從中取出了文件。

愛麗絲看著擺放在桌面上的文件，將手抵在額上嘆了口氣。

「再這樣下去還是無濟於事嘛。就算對埃爾羅得的雷維殿下低頭，但要是得不到他們的資金援助，和魔王軍戰鬥時就會……」

她剛剛看的文件內容，是來自各國的資金援助金額嗎？

這個國家——貝爾澤格王國，是唯一和魔王軍領土接壤的國家，一旦被攻陷，其他國家就會暴露於危險之中。

各國也都明白這一點，因此會定期為貝爾澤格王國送上軍援，至於兵力短缺的國家，就改以資金援助。其中堪稱送上最多資金援助的國家，確實就是埃爾羅得。

聽說那個國家以賭場聞名，從有錢人身上撈了不少油水，因此十分富有。

「如果由我這個未婚妻直接開口，他們應該能接受增額的要求吧。」

這就是讓愛麗絲煩惱不已的主因啊。

婚約本身對王族來說已經見怪不怪了。年紀輕輕就得面臨政策聯姻的命運，似乎也是王族出身的女孩子肩負的義務。

只有在虛構故事中，身分懸殊的愛情才得以開花結果。實際上，王族的婚姻根本談不上任何夢想與希望。

「兄長大人現在在做什麼呢……他身邊有那麼多女孩子，讓人很擔心呢。頭目因為近水樓台，就一直對他大獻殷勤，實在太卑鄙了！……如果兄長大人知道我有未婚夫，他應該會生氣吧，還是會大吃飛醋呢……這樣我會很高興的說。」

羞澀地用手捧著臉頰的愛麗絲，就跟她這個年紀的女孩子沒兩樣。

「如果兄長大人可以像那位龍騎士一樣，帶著我遠走高飛的話……拋棄國家和一切事物，與愛人一起遠離國家的公主，她的心裡究竟在想些什麼呢？」

龍騎士只是被那位大人下令，才會帶她跑出去啦。真想跟愛麗絲傳達這個事實。

「唉……不行，這種任性的想法不會有人允許。」

這算任性嗎？只是想想而已，又沒有付諸行動，應該算是可愛吧。

把別人的話當成耳邊風，拉著行事嚴謹的騎士到處跑，活得自由奔放的那位大人，才算是真正任性的公主。

「要是我這個公主一走了之，這個國家可能就會滅於魔族之手。我做不出這種不負責任的行為……可是，如果能像那位公主和龍騎士那樣，在空中自由翱翔，這些煩惱應該就能煙消雲散了吧。」

她那嬌小的肩頭，卻背負了過於龐大的責任和義務。

她真的非常努力，才沒有被重擔壓垮。我打從心裡這麼認為。

公主走到陽台上，望向在稍遠處的中庭裡安睡的龍，揚起了一抹帶著寂寥的笑容。

那頭龍背上裝了騎乘用的鞍座，而且是我很熟悉的那種款式。

不是傳說中的埃爾羅得……而是從其他鄰國來訪的使節所乘坐的龍嗎？

「愛麗絲殿下，您該洗澡了。」

「知道了，我馬上過去。」

這是克萊兒的聲音吧。

愛麗絲往房門走去，但想起自己還戴著面具，於是停下了腳步。她重新審視了鏡中的自己一番，接著便朝面具伸出手——

3

我的意識陷入黑暗，重新回到現實後，映入眼簾的是旅店的老舊天花板。

我伸手摸了摸臉，便摸到了龜裂的面具。看來是超過使用次數，所以壞掉了。

剛才會產生那種狀況，只有一種可能——愛麗絲的王族血脈中所蘊含的龐大魔力流入了面具，導致以非正常形式發動的暫時性現象。

生為王族的辛勞啊。

以前我可是近在王族身邊，看到不想看了呢……

「不行，別再想了！事到如今別讓我回想起這種事。」

還是不應該跟愛麗絲扯上關係啊。不管是婚約，還是公主心懷的苦惱，全都跟那位大人如出一轍。

一閉上眼，我的眼前就浮現出一位女孩的身影。

「拜託琳恩請我喝杯酒好了。」

今天一整天都沒喝到酒，根本難以入眠，因此我從床上跳起，披著外套走了出去。

結果我還是徹夜未眠。

難得琳恩唸歸唸，還是請我喝了酒，我卻毫無醉意。回過神來，居然已經早上了。

「真不像我的作風。把朋友們找來辦個早晨酒會好了。」

我像平常一樣走向公會的酒吧，雖然在店內環視一圈後沒看見和真，倒是看見了芸芸和惠惠。

不知為何，她們在芸芸的窗邊特等席上大聲交談著。

我坐在她們附近的位置，但她們聊得太入神，根本沒發現到我的存在。

「要轉換心情的話，我還是覺得散步比較好！我們到她家門口接她，再一起去買東西如何？」

「唉，妳給我聽好，我之前就說過依麗絲家裡的警備很森嚴了，她根本逃不出來啦。正面直擊的方法實在太魯莽了，免談。」

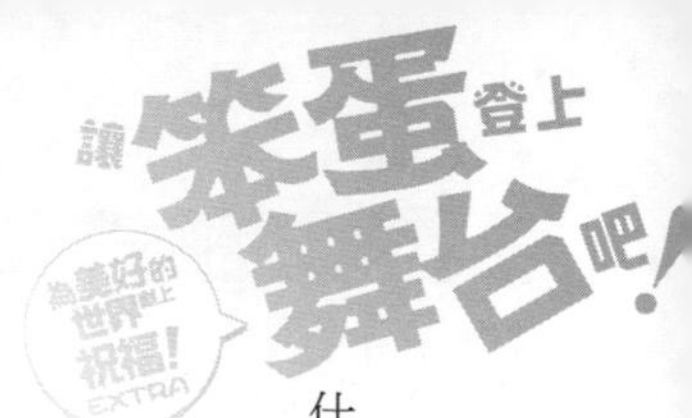

「吶，直接找她出來玩也不行嗎？幹嘛用正面直擊這種嚇人的字眼呢？妳果然對我隱瞞了什麼重大機密吧！不要只排擠我一個人，快告訴我嘛！」

芸芸眼泛淚光地逼向前，而惠惠將手抵在她的額頭上，一臉厭煩地想把她推開。

惠惠之所以不告訴芸芸，感覺有一半是故意在鬧她，另一半的原因卻是為了她著想。

「妳真的想知道嗎？我真的可以告訴妳嗎？妳不會後悔吧？」

「咦？妳這樣說的話，我就覺得……有點恐怖耶。」

「既然妳這麼想知道，我是無所謂啦。我覺得妳等一下一定會後悔得要命，哭著說『早知道就不要多問了』，但我已經有阻止過妳了喔。」

惠惠的臉上突然洋溢著溫柔，接著雙手用力抓緊芸芸的肩頭，彷彿不讓她脫逃似的。

或許是發現苗頭不對，只見芸芸拚了命想逃走，惠惠卻不給她逃離現場的機會。

「等、等一下啊惠惠！我、我果然還是別過問太多好了！」

「不行，請妳好好聽清楚。不對！我一定要講給妳聽！事到如今再道歉也沒有用！」

「快、快住手啊！已經可以了！我已經不想聽了啊啊啊啊！」

我看著正在打情罵俏的兩人，一邊喝著水。就在此時，有個人在我旁邊坐了下來。

「你光是盯著女孩子看，感覺就很像罪犯呢。」

「妳什麼意思啦！」

開口挖苦我的人正是琳恩。

如果是平常的話，我就會對她性騷擾。但她昨天請我喝了酒，對我有恩，所以今天就放她一馬吧。

「店員小姐，請給我一份沙拉。」

「給我來點酒跟油滋滋的食物。」

「你幹嘛若無其事地想搭順風車啊？我不會請客喔。」

「不要這麼小氣嘛，妳也吃點肉啊。妳就是一直吃沙拉，那邊才會發育不良啦。」

我緊盯琳恩的胸口這麼說道。真的是毫無長進耶。

看看芸芸，她年紀雖小，卻十分雄偉壯觀呢。

「我遲早會集結被你性騷擾的受害者，合力把你關進大牢。話先說在前頭，昨天那筆帳不是請客，是先借給你而已。」

「啊，妳這傢伙太狡猾了吧。昨天明明說了要請客耶！難道妳不只胸部小，就連器量也很小嗎！」

「唯獨不想被達斯特這樣批評！……喂，你最近是不是有點怪怪的？」

琳恩忽然一臉嚴肅地緊盯著我，並往我的臉龐逐漸逼近。

她逼得好近，只差一點點，我們的額頭就要相碰了。總之我先把嘴唇嘟起來，做好跟她接吻的準備。

琳恩漾起了一抹微笑，將指尖緩緩地推向我的眼前……接著碰到了眼球。

「咕喔喔喔！這傢伙想戳爛我的眼球！一般來說，現在應該是要激情熱吻才對吧！」

「我為什麼非得跟你接吻不可啊？嘴唇會爛掉耶。別說這些了，你要不要幫幫她們啊？其實你很在意不是嗎？看你最近變得不太對勁，也是跟那些貴族接觸之後的關係吧？」

不問也知道她在說誰。

兩位紅魔族似乎在爭論要如何將依麗絲帶出來。惠惠想從遠距離施放爆裂魔法將大門炸飛，再光明正大地報上芸芸的名號趁亂闖入——但這個提案正在被芸芸全力否決中。

「如果置之不理，感覺會釀成大禍喔。」

「再怎麼說，她也不會真的做出這種事吧……應該不會吧？」

此話一出，就化為不安的情緒席捲而來。

只見惠惠氣勢洶洶地站起身，衝出了公會。淚眼汪汪的芸芸一邊喊著「拜託妳別這樣啦！」一邊追了上去。

「……還是去關切一下比較好。」

「……也、也是。」

放任她們在阿克塞爾大鬧特鬧是無所謂，但在王都，只要闖點小禍就會被逮捕。

被拘捕之後，只要愛麗絲幫忙說點好話，她們應該就會被釋放。但要是因此增加愛麗絲的煩惱，就真的大事不妙了。

老實說，我真想把她們全部扔給監護人和真，但我根本沒空叫他過來處理。

她們一抵達瞬間移動服務處，就毫不猶豫地前往王都。等琳恩付完錢後，我們也跟了過去。

「喂，這只是先借你而已喔。聽見沒有？不要裝作沒聽到。」

「別擔心啦，拿到一大筆錢之後我就會還妳。妳放一百二十個心吧。」

「最好是能放心啦。你根本毫無信用可言，哪能跟你做口頭約定啊。」

這女人真的很愛頂嘴耶。

要是顧著跟她拌嘴，感覺會跟丟爆裂女孩，於是我先忍了下來。

目標二人組是想一直線衝進城裡嗎？她應該沒笨到大白天就想強行攻入吧？我這麼想著，並保持一定的距離尾隨在後。

「好～～只要從這個廣場發動攻擊就萬無一失了！我現在就用爆裂魔法炸飛城門，之後就拜託妳嘍！」

她果然很笨啊……

腦袋有問題的少女站在王都的大廣場上，將魔杖指向王城，開始詠唱魔法。另一個邊緣人

少女只會窮緊張，根本派不上用場。

「快住手啦！這樣一定會被罵啦！」

「才不會讓妳得逞！」

爆裂女孩正在詠唱魔法，而我一手將她的魔杖抓了起來。

「你這是在做什麼！快還給我！」

她搆不到被我高舉起來的魔杖，拚命地跳呀跳的，想把魔杖搶回來。

雖然這模樣像個小鬼一樣，感覺挺可愛的，但紅魔族的骨子裡全是這副德行。

之前芸芸說她在紅魔族中被當成怪人，但要是村裡的其他人都像爆裂女孩這樣也太慘了……再怎麼說也不太可能吧。

「妳們不要做傻事啦。」

「小混混沒資格批評我！」

「達斯特先生的話很沒說服力……」

芸芸忘了我出面阻止的恩情，居然說出這種話。我掄起拳頭，往她的太陽穴猛轉起來。

「嗚嗚，好過分。我被達斯特先生性騷擾了……」

芸芸好像在假哭，但我沒理她。

「你來做什麼？要是你敢扯我們後腿，總有一天會當上紅魔族族長的芸芸絕對不會默不作

聲！」

「不要只在這種時候禮讓我好嗎！」

「我沒有要扯妳們後腿，也沒有要阻止的意思。」

「咦？等等，你不是要阻止嗎？」

「妳先聽我說完嘛。使壞的時候得動點腦袋才行，只有笨蛋才會採取正攻法。要反將一軍，想想對方打從心底厭惡的東西是什麼。這樣才是最有效果的高效率戰術。」

說著說著，我的嘴角便往上揚起。

這兩人的做法太直接又太單純了。既然要做，就玩大一點嘛。

「你啊，又露出平常那種邪惡的表情嘍。」

琳恩嘴上這麼說，但她似乎也滿開心的。

4

當我自告奮勇扛下潛入王城的任務時，所有人都用斜眼瞪著我，但聽我說明作戰計畫之後，她們也覺得沒有更適任的人了。雖然不太情願，卻還是點頭答應。

因為作戰計畫還欠缺某些必要的措施，所以我單獨回到了阿克塞爾。

回來是回來了啦，問題是能不能順利找到那個人。

雖然琳恩說「有個方法可以馬上就找到他喔」，但用這種方法真的找得到人嗎？

「凡事都要先嘗試是吧。（吸氣——）今大真想找個男人陪我單獨喝一杯啊～～！有沒有多金的貴族大少爺願意請我喝酒啊～～！」

我在大馬路上大聲嚷嚷著這般祈求。

街上來往的行人都對我指指點點，但事到如今，我豈會因為這點小事就覺得丟臉。

「如果這麼做就能讓那傢伙出現，就用不著——」

「這不是達斯特先生嗎？呼呼……好久不見了。」

「哇啊！」

什麼！他什麼時候冒出來的！

有個戴著頭盔的貴族男子站在我身後。

……居然真的出現了。之前我在夢魔店碰上麻煩時，就是這個貴族男子幫了我，我在心裡稱他為「頭盔男」。

在這個時間點，聽說他都會在面向大馬路的酒吧附近閒晃，沒想到此話不假。

「哦，好久不見。如果你喘不過氣，要不要把這個頭盔先拿下來呢？」

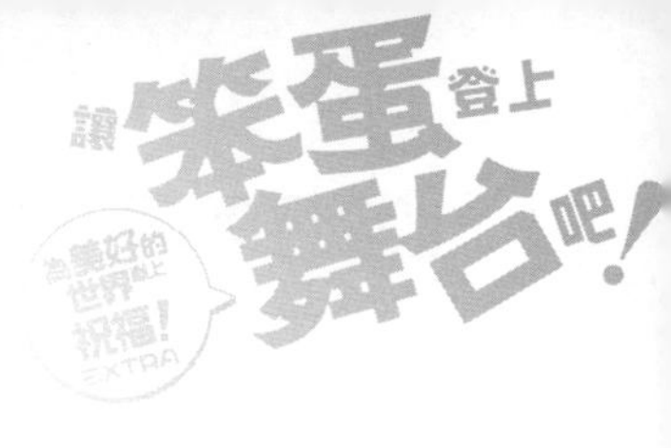

「不、不用了。這個頭盔對我來說很重要，呼呼……請你別在意，呼呼……」

「你高興就好……哦，對了，在這裡碰面也是某種緣分，我剛好有件事想請你幫忙。」

「請問是什麼事呢！我願意接受你提出的任何要求！」

他一把抓起我的手，掌心還沁滿了手汗。

他可能是一路跑過來，才會這樣上氣不接下氣吧。

「那就麻煩你了……」

這天晚上，我們要將白天統合完畢的作戰計畫付諸行動。

話雖如此，但戰術其實很簡單。

我留守在王城附近，仰望著夜空。

不巧的是，天上覆蓋著厚厚的雲層，完全看不見星星。

「時間差不多了。」

我確認完時間並如此嘀咕。就在同一時間，有道紅光往天際直射，隨後便立刻迸射出強光和轟天巨響，發生了大爆炸。

我距離爆炸地點這麼遠，爆炸引發的強風卻還是波及至此。

終章

為公主殿下獻上一夜美夢

覆滿夜空的雲層也被爆裂魔法的威力一掃而空，滿天星辰頓時乍現。

由於王都治安良好，哪怕只是在城裡擊發下級魔法，都會引起大騷動。要是在那種地方施放爆裂魔法，後果自然可想而知。

城門一開啟，士兵們便一同飛奔而出。

「一定是魔王軍的部下才會在城裡施放那種魔法！一發現就格殺勿論！」

在前鋒發布這種危險指令的人是克萊兒吧。即使在黑夜之中，她那身白套裝依舊醒目。蕾茵應該也在她身邊。

事件發展如我所料。惠惠的魔力已經耗盡了，再這樣下去，負責扛著她逃亡的芸芸可能會被拘捕。

這時只能搗亂敵方的指揮系統了。

「銀髮盜賊團好像闖進貴族大人的宅邸了！」

巷弄中傳出一道女性的聲音。

而且不只一兩個人而已，有好幾位居民都開始躁動起來。

看來琳恩完美地散播了謠言。

「喂，聽說那個傳說中的夢幻減肥逸品開始販售了，只限今天而已！」

「你是說那個王公貴族都讚不絕口的超人氣商品嗎！再不快點去就要賣完啦！」

這回換反方向的巷弄中傳來兩個男人的洪亮嗓音。

聲音的主人正是不問詳情就鼎力相助的泰勒和奇斯。

我的夥伴也真夠怪了……看來得請他們喝一杯才行。

聽到這陣嗓音後，克萊兒和蕾茵都慌了起來。

「在這種節骨眼，騷動居然接二連三而來！分散兵力吧。我去搜索施放魔法的人，銀髮盜賊團就交給妳了，蕾茵。」

「我知道了，請妳也小心……克萊兒小姐，那裡跟通報盜賊團的聲音是反方向喔。」

「哎、哎呀，我好像搞錯方向了。」

雖然克萊兒在裝傻，但的確是對減肥商品產生反應了。看樣子先前買的已經吃完了呢。

我本來想讓她們兵分三路，但目前還是如我所料，追兵被一分為二了。

但她們還是太天真了。為了讓敵方更加混亂，我還留了一手。

我裝出醉醺醺的模樣，搖搖晃晃地走到克萊兒等人面前。

「咦～～這不是之前見過面的大姊姊嗎？最近過得怎麼樣～～」

「我記得你是渣斯特吧？你怎麼會在這裡……不對，現在這種事根本無關緊要。我們沒空跟醉漢瞎閒扯，你快閃一邊去！」

「不好意思，現在事態緊急！」

她們毫不掩飾焦慮和惱怒的心情。

即使如此，現階段她們還沒有失去判斷能力。那就讓她們更加混亂吧。

「哦，什麼嘛，妳們在忙啊，抱歉抱歉。是說，妳們有沒有看到和真啊～～」

就在這個瞬間，兩人臉上的表情頓時無影無蹤，接著顯露出血色盡失的模樣。

「你說什麼？和真先生也到這裡來了嗎？」

「不會吧！克莱兒小姐應該對瞬間移動服務處千交代萬交代，不准放他過來啊！」

兩人一口氣朝我逼近。

之前就聽說過她們對和真很沒轍，沒想到效果好到這種地步，害我差點就笑出來了。

「啊～～難怪他跟我們一起過來的時候罩著兜帽啊。我還覺得他那身打扮很奇怪呢。」

「太大意了。難道他混在其他冒險者之中了嗎……」

「這、這下該怎麼辦！如果和真先生是為了來見愛麗絲殿下一面，那這場騷動可能也和他有關……」

「這樣就不能疏散城裡的警備人手了。可是！」

雖然對和真有點不好意思，但她們正好陷入了恐慌狀態。

要捨棄某條線索嗎？還是要兵分三路呢？這應該是相當困難的抉擇。

遲遲給不出答案的兩人，你一言我一語地當場商討起對策來。

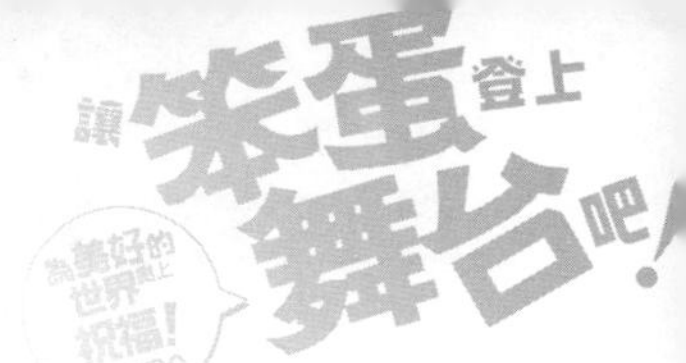

沒有主子的命令，士兵們也無法行動，只能等待靜不下心的兩人做出決定。

所有人都躁動不安地緊盯著克萊兒和蕾茵。

機會來了。我暫時回到巷弄中，穿上和平常不同的鎧甲，並戴上跟頭盔男借來的頭盔。

我一直覺得那傢伙的頭盔很眼熟，不過這也難怪。因為他把我賣給雜貨店大叔的頭盔給買下來了。

這個頭盔是作戰計畫中不可或缺的一環，因此我拜託他能不能只借我一天，而他爽快地答應了。除此之外，他還跳樓大放送，提供了搭配頭盔的鎧甲給我。

他把東西借給我的時候——

『你用完之後，不用洗也不用擦！嗯，真的不要客氣喔！』

還對我如此耳提面命，讓人有點在意。

我實在搞不懂他為什麼要對我這麼好，所以對他提出質問，結果他說：

『我這個人很害羞，要是不用頭盔把臉遮住，就沒辦法好好說話，而且我也沒有同性的好朋友。所以能像這樣受人委託，我覺得很高興。』

看樣子他是真的很開心呢。

也就是說，他是芸芸的男性翻版吧。下次如果拜託他請我喝酒，他應該會高高興興地掏錢請客吧，但不知怎地，我就是很不會應付頭盔男。

那小子似乎不想以真面目示人，因此把頭盔拿給我的時候，改用布袋蓋住了頭。

「算了，沒差。改天跟他喝一杯當作回禮吧，但是要叫頭盔男請客。」

我好久沒穿這種全副武裝的鎧甲和頭盔了。穿上以後，緊張感便竄過我的全身。

這麼一來，就能完全隱藏我的身分了。

雖然做好了萬全準備，但接下來才是一翻兩瞪眼的重頭戲。

我踩著光明正大的步伐從暗處走了出來，朝尚未決定行事方針的克萊兒走去。

「發生什麼事了嗎？似乎有些吵嚷呢。」

「您是使節大人嗎？抱歉驚動您了，請容我致上萬般歉意！」

克萊兒如此賠罪，而我輕輕舉起手予以回應。

很好，她沒發現。雖然鎧甲的設計有些許不同，但頭盔可是貨真價實，應該能瞞混過關吧。即使有燈火照明，但畢竟入夜了，再加上她目前的心情依然處於慌亂狀態，我看她也沒空留意這些小細節。

而且因為隔著頭盔，我的嗓音聽起來有點悶悶的，克萊兒應該不會發現是我藏在裡面。

「如果有我能幫上忙的地方，請儘管開口吧。」

「不，怎麼能勞煩貴賓做這種事呢！騷動應該很快就會平定下來，請您回房安歇吧。」

「快別這麼說。只要有龍可以駕馭，也能從空中展開搜索。」

蕾茵好像也沒發現。

聽到兩人的謝罪之辭，我以虔誠之禮相待後，便穿過城門成功入侵。

好耶，突破第一道關卡了。

我從惠惠口中問出了王城大概的格局。話雖如此，我不能全數繞過一圈，也沒時間繞多餘的遠路。

我只是一直線往目的地往衝。

途中雖然與士兵和女僕擦肩而過，但每個人都恭敬地向我鞠躬，並讓出路來。

這種時候的應對之道，我早就被教育過無數次了。因此我以自然的舉止加以回應，並迅速穿過走廊來到中庭。

有一頭龍蜷著身子睡在那兒。

我站在柱子的陰影處窺視四周，發現原本的龍騎士並不在這裡。

我悄悄往龍走近，結果起了戒心的龍立刻抬起頭來對我發出威嚇。於是我摘下頭盔，與牠四目相交。

接著，龍便低下頭，閉起了雙眼。

「乖孩子。今天能不能幫我一點小忙呢？」

龍從鼻子噴出氣息，並磨蹭著我的臉。而我往牠背上一跨，握緊了韁繩。

「好，出發吧！」

愛麗絲將手搭在陽台的扶手上，神情哀婉地凝望著夜空的身影，映入了我的眼簾。

在這個時段，小鬼也差不多該去睡覺了，但她身上穿的不是睡衣，而是禮服。

「唉，結果一場會晤拖了這麼久，我也還沒洗澡……啊啊，真討厭，這幾天都在處理雜事，根本沒時間溜出去玩嘛。好想去阿克塞爾找大家一起玩喔……兄長大人會不會帶我……咦？」

看到由下而上緩緩現身的我跟龍族坐騎，愛麗絲驚訝地僵直了身子。

我讓龍靜止在半空中，朝愛麗絲伸出了手。

「不嫌棄的話，要不要與我一同在夜空中漫步呢？」

我回憶起過去的說話方式，溫柔體貼地向愛麗絲開口說道。

「那個……呃，您是使節大人吧？承蒙您的邀請，但這樣不會引發什麼問題嗎？」

「倘若東窗事發，自然是一大問題，但只要沒人發現就行了。幸運的是，如今城下騷亂不已，兵力也全數派遣而出了。肇事者似乎是兩位紅魔族人，她們為了拯救遭受囚禁的團員，闖進了這座萬惡之城呢。」

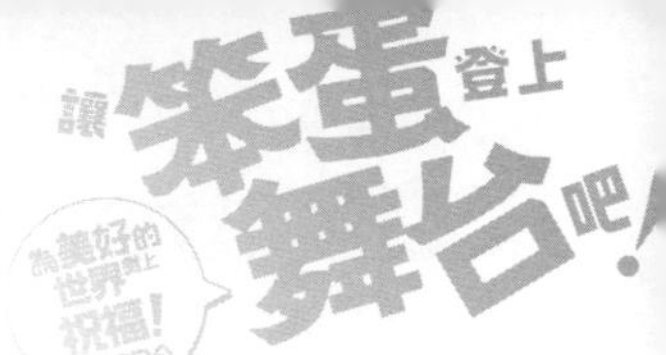

「那是……頭目大人吧……」

愛麗絲雙手緊握，臉上雖然短暫浮現出猶豫的神情，卻又立刻轉為燦爛的笑容。

「那兩位託我將這句話轉達給您——『偶爾任性一下也沒關係，就像和真那樣』。請問您願意與我共赴星空之旅嗎？」

「樂意之至！」

我接過愛麗絲的手，將她拉到龍的背脊上。

我讓她坐上鞍椅後側，她便緊緊地抱住我的腰際。

接著龍用力地揮動羽翼，我們便一口氣朝夜空急速攀升。

如今夜幕低垂，四周一片昏暗，城裡又亂成一團，似乎沒有人盯著空中看。因此任誰都沒有察覺到我們。

「哇啊——！好厲害喔！街道和王城看起來居然這麼小！」

看到愛麗絲興奮的模樣，我不禁回想起初次讓那位大人乘龍翱翔的往事。

……要是她知道這件事，一定會發脾氣吧。即使如此……

這種無解的問題，再怎麼想也無濟於事。現在就專心思考如何取悅身後的公主殿下吧。

而且，那位大人也這麼說過——

『你是我的騎士。所以，往後除非是為了我，或是其他你真正想守護的人，否則都不要再使用長槍了。你就用這把劍，好好努力吧。』

所以這次應該……不成問題吧。

我覺得可以再給愛麗絲一點福利，便在空中滑翔起來。

「哇啊啊啊！比馬車跟龍車都還要快呢！」

聽到後方傳來雀躍的嗓音，我也跟著愉悅起來，於是又提升了速度。

我們翻山越嶺，將草原盡收眼底，充分享受了夜晚的漫步之旅後，回到了王城。

我讓愛麗絲在陽台下來之後，只見她依舊難掩興奮之情，將雙手壓在胸前，帶著閃閃發亮的眼神看著我。

「今天真的玩得很開心！拜您所賜，我的煩惱和壓力全都拋到九霄雲外了！我今晚應該能一覺到天亮！」

「作為一名騎士，若能為美麗的公主殿下盡棉薄之力，將是我無上的喜悅。」

我沒有把她帶出去太久，應該不會有人發現。

每說一句肉麻兮兮的話，我就覺得背脊發癢，但今天就該忍耐一下。

「那麼就先告辭……哎呀，最後請容我僭越向您提出忠告。向他人請求協助並不可恥。如同您珍視對方一般，對方也會將您擺在第一位喔。」

「向他人……請求協助嗎……您說得對，我或許獨自攬下太多重擔了。呵呵，謝謝您，龍

騎士大人。」

我跟某人不一樣，對小鬼沒興趣，但看見愛麗絲這張笑靨，我也能理解深陷其中的克萊兒的心情了。

她已經能展現出發自內心的笑容，看來應該沒事了吧。

我這麼斷定之後，就對說著「非常謝謝您！」還不停朝我用力揮手的愛麗絲輕輕點頭示意，旋即飛離陽台，讓龍降落在中庭。

「你今天幫了大忙喔，辛苦了。」

我摸摸龍的頭部，牠便舒適地瞇細了雙眼。

畢竟強迫牠夜晚出勤，我本來想再多慰勞牠一番，但克萊兒他們已經回來了，狀況可能會變得更複雜。

我沿著來時路折返，光明正大地走出了王城。

沿路和行禮的士兵們點頭示意後，我一走進巷弄，便脫下了鎧甲和頭盔。

「好啦，再來就看那兩個人能不能順利逃脫了。」

我把脫下來的裝備塞進先前跟芸芸借來的大袋子裡，並走向事先決定好的集合地點，結果只有琳恩一個人在那裡等我。她看到我走來後，便揮了揮手。

「我這邊進行得很順利喔，妳們那邊如何？」

「沒問題。我請阿克西斯教團的教會幫忙窩藏了惠惠和芸芸，士兵們應該不會找到那邊去吧。」

「畢竟是連魔王軍都要退避三舍的阿克西斯教團嘛，肯定是最安全的地方。」

不知為何，這兩個人在阿克西斯教團裡很吃得開，所以教團才沒有多加過問，立刻就伸出了援手。

難道同為怪咖的阿克西斯教徒和紅魔族很合得來嗎？

「我不會詳細過問你做了些什麼，但依麗絲心滿意足了嗎？」

「滿意到不行，她還因此排解了種種煩心事呢。」

琳恩的第六感很敏銳，就算她發現了愛麗絲的真實身分也不意外。

而她可能也連帶察覺了我的過去……

只見走在前方的琳恩忽然轉過頭來並低下身子，由下而上緊盯著我的臉龐。

「你遲早會告訴我吧？」

「嗯，再看看吧。」

「好吧，那我現在就不追究了。」

我沒問她指的是哪件事。

總有一天，我會向琳恩坦承今天的事情，以及我的過去吧。

我也不曉得這一天什麼時候會到來就是了。

三個似曾相識的少女聚在大宅前。

是惠惠、愛麗絲跟芸芸啊。她們歲數相近，所以很合得來吧。

她已經可以跑來阿克塞爾玩，看來王家的事務也告一段落了。

現在的狀況，應該是惠惠跟愛麗絲正在鬥嘴，而芸芸試圖要勸架。

干預女孩們的吵架現場肯定沒好事，這一點我深有所感。

還是裝作沒看見，趕快路過吧。

「妳們兩個別再吵了。惠惠，不要詠唱爆裂魔法！依麗絲，妳也不要一直炫耀和真先生送給妳的戒指！啊啊，達斯特先生！你來勸勸她們啦！」

可惡，被發現了。

芸芸淚眼汪汪地衝了過來。我揮揮手，想把她趕到一邊去。

「走開走開，不要過來啦，麻煩死了。越吵感情不是越好嗎？別管她們啦。」

「她們兩個要是真的吵起來，後果會不堪設想啊！這樣也無所謂嗎！」

惠惠的爆裂魔法威力確實驚人。

而且，聽說這個國家的王族繼承了勇者的血脈，實力十分高強。

如果她們真的失去控制……

「喂，妳們要鬧的話……就到我常去的酒吧前面去鬧。」

「你在說什麼啊！」

「只要酒吧遭受池魚之殃全毀，我欠下的酒錢不就一筆勾銷了嗎？」

「你怎麼講得這麼理直氣壯啊！良心被狗吃了嗎！」

我覺得這是個妙計啊，但為人耿直的芸芸似乎不肯買帳。

聽到我跟芸芸的對話內容，惠惠跟愛麗絲可能也冷靜下來了。兩人互看了一眼，並鬆懈了下來。

惠惠可能還有別的事情要辦，所以直接走人了。愛麗絲則是朝我這裡走來。

她目不轉睛地看著我的腰際。

「幹嘛？妳對男人的屁股有興趣嗎？」

「怎麼可能啊！我只是很在意這把劍。真的很抱歉，之前我居然叫克萊兒去教訓你。」

明明貴為王族，卻老老實實地賠罪，她還真是了不起。一般王族應該會死不認錯，氣焰囂張地大耍官威吧。

「覺得愧疚的話，下次妳跟和真在一起的時候，再請我吃飯喝酒吧。」

「呵呵。好的，我知道了。」

話題已經告一段落，於是我準備轉身離開。就在此時，愛麗絲忽然小跑步湊了過來，並揪住我的衣袖。

「怎麼了，還有其他事情嗎？」

「我只告訴你一個人喔。其實前陣子，龍騎士大人晚上帶我去散步了呢。雖然事後我去向龍騎士大人道謝，但他卻對這件事毫無頭緒。現在回想起來，我才發現兩人的體格也不太一樣呢。」

她這麼有禮貌，後來還跑去跟使節道謝了啊。

……我太大意了。她這麼循規蹈矩，當然會這麼做。

「龍騎士？妳在說什麼啊？」

「沒事，別放在心上。我只是在自言自語罷了。如果你有機會碰見龍騎士大人，請幫我告訴他——不可思議的龍騎士大人，謝謝您帶給我如此美妙的一晚。」

我依然沒有轉身，只是揮了揮手，便不發一語地離開了。

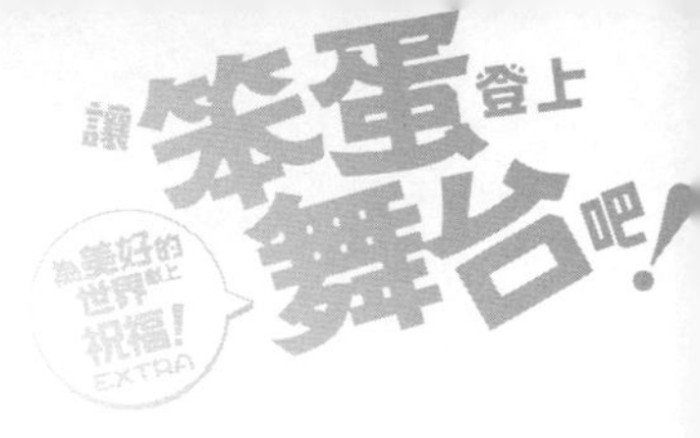

只要能在愛麗絲心中留下美好的回憶，就沒必要給出肯定或否定的答案了吧。

後記

沒想到居然出版了第三集。

這次的故事主軸，主要是著墨在達斯特與貝爾澤格的第一王女愛麗絲身上。

在暁老師筆下的外傳（《續・為美好的世界獻上爆焰！》）中，愛麗絲跟達斯特有過短暫的接觸，所以我希望能找個機會寫寫他們的故事。這次終於如願讓她登場了！

畢竟愛麗絲也是《美好世界》的人氣角色之一，我曾經煩惱過該怎麼描繪她比較好，但我自認有稍稍帶出了愛麗絲的魅力之處……表現還可以吧？

我希望愛麗絲能成為眾人焦點，但除此之外，書中也提及了達斯特的過去，若各位也能關注這部分的劇情，我將備感榮幸。是不是跟大家心中的達斯特形象不大一樣呢？

另外，擔任愛麗絲的護衛兼教育專員的克萊兒和蕾茵，這次也占了很大的篇幅。她們在本傳中老是被和真耍得團團轉，但在外傳中卻因為某種原因，跟達斯特一同踏上冒險之旅，途中也發生了不少趣事。

此外，在《美好世界》本傳第一集中登場的某個驚喜角色，這次也有現身喔。習慣從後記

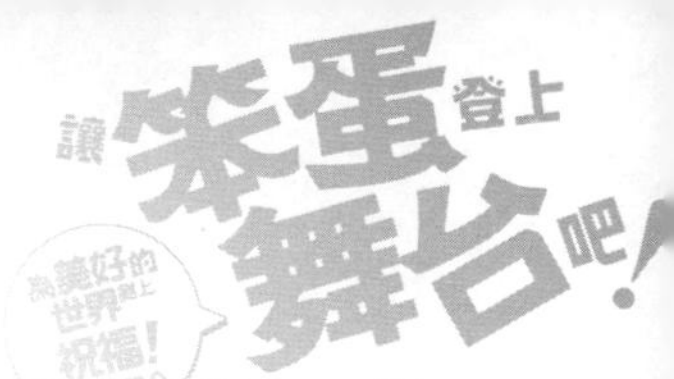

開始閱讀的讀者們，可以試著猜猜看這個人是誰，應該會滿有趣的。

本作的一大要點，就是讓和真等主要角色以外的配角們都有機會曝光。我想遵守一個原則，那就是在每一集都讓一個配角登場。

至於達斯特，我想把他寫得更加無恥，也想讓大家見識到他帥氣的一面……這個基準真的很難拿捏呢。

雖然提過很多次了，我在第一集和第二集中都有稍稍提及達斯特的過往，不過這一集又離真相更進一步了，敬請期待。

好啦，雖然還有點早，但我先來稍稍透露下集的內容吧。

其實下一集似乎會有某種特裝版，聽說好像會附上廣播劇ＣＤ喔。現在昼熊又好像在動筆撰寫廣播劇的劇本……（※註：此指日文版）

據說最期待的好像就是昼熊本人呢……

由於這件事還在企畫階段，無法再提供更詳細的情報，但就請各位拭目以待吧，我也會好好努力。

換個話題吧。之前有個朋友的小孩看了第一集的封面之後對我說「叔叔，這是你畫的嗎？你超會畫畫的耶！」但我回他一句「叔叔不會畫畫啦。」結果害他失望透頂。憂姫はぐれ老師，謝謝您每次都為我描繪出這麼美麗的插圖！

那我就順勢向各位致上謝辭吧。

暁なつめ老師這次也讓我隨心所欲地大寫特寫！雖然寫著寫著就越有感覺，但能讓筆下的愛麗絲呈現出可愛至極的妹妹性格，我真的很開心。今後也請您多多指教！

三嶋くろね老師，雖然我又重新審視了愛麗絲、克萊兒和蕾茵的插圖，不過蕾茵真的很不錯呢……這次執筆時，您的人設也幫了我很大的忙！

在此也向スニーカー文庫編輯部的各位、M責編，以及經手本作的所有人致上謝意。真的非常感謝大家！

最後當然要向這次也購買了本作的各位讀者們致謝。如果大家能在閱讀時會心一笑，身為作者的我將會獲得無比的滿足。期待還能在下一集與各位相會。

昼熊

愛麗絲殿下太可愛了…！
我在各方面都對克萊兒
往後的日子感到擔憂。
憂姫はぐれ
恭喜《笨蛋》第三集順利上市！
也恭祝改編的漫畫開始連載！
還請各位連同本傳等等一併支持，
往後也請多多指教！
暁 なつめ
恭喜第三集上市~!!
はぐれ老師的插圖每次都讓我大飽眼福…
就我個人而言，能拜見琳恩跟克萊兒的彩稿，
實在非常難能可貴…！
三嶋くろね

為美好的世界獻上祝福！ 1~13 待續

作者：暁なつめ　插畫：三嶋くろね

和真在阿克塞爾四處炫耀自己坐擁後宮？
維茲還戀上跟蹤狂？嚴重的誤會即將開始！

　　維茲因為跟蹤狂而四處逃竄到隔天早上。她表示對方放話說對自己無所不知，甚至送信過來表示想要當面談談。幾經波折，或許是因為巴尼爾的話而釐清了心情，維茲下定決心要和對方見面……但當天現身的卻是精心梳妝打扮，說起話來還略顯羞澀的她！

各 **NT$180~200/HK$55~65**

戰鬥員派遣中！ 1 待續

作者：暁なつめ　插畫：カカオ・ランタン

「一個世界不需要兩個邪惡組織！」
操起現代武器，開始進軍新世界！

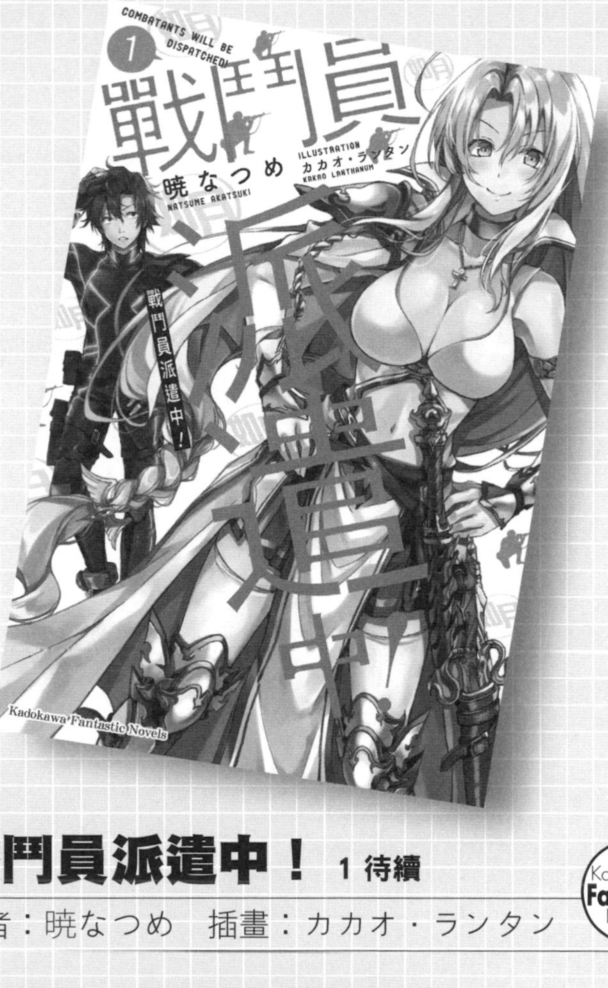

眼見征服世界的目標即將實現，為了擴大版圖，「祕密結社如月」將戰鬥員六號作為先遣部隊派遣至新侵略地，但他的各種行動都讓幹部們傷透腦筋，更強烈主張自己應該加薪。然而，他接著卻傳回了號稱魔王軍的同業，即將消滅看似人類的種族的消息——

NT$250/HK$82

國家圖書館出版品預行編目資料

為美好的世界獻上祝福!EXTRA 讓笨蛋登上舞台吧!. 3, 為心懷美夢的公主獻上星空 / 暁なつめ原作; 昼熊作; 林孟潔譯. -- 初版. -- 臺北市 : 臺灣角川, 2019.07-

冊； 公分

譯自：この素晴らしい世界に祝福を！エクストラ あの愚か者にも脚光を!. 3, 夢見る姫に星空を

ISBN 978-957-743-089-2(平裝)

861.57　　108007938

Kadokawa Fantastic Novels

為美好的世界獻上祝福！EXTRA

讓笨蛋登上舞台吧！ 3

為心懷美夢的公主獻上星空

（原著名：この素晴らしい世界に祝福を！エクストラ あの愚か者にも脚光を！ 3 夢見る姫に星空を）

2019年8月1日　初版第1刷發行

作者：昼熊
插畫：憂姫はぐれ
原作：暁なつめ
角色原案：三嶋くろね
譯者：林孟潔

發行人：岩崎剛人
總經理：楊淑媄
資深總監：許嘉鴻
總編輯：蔡佩芬
編輯：江宇婷
美術設計：李思穎
印務：李明修（主任）、黎宇凡、張凱棋
發行所：台灣角川股份有限公司
地址：105台北市光復北路11巷44號5樓
電話：（02）2747-2433
傳真：（02）2747-2558
網址：http://www.kadokawa.com.tw
劃撥帳戶：台灣角川股份有限公司
劃撥帳號：19487412
法律顧問：有澤法律事務所
製版：尚騰印刷事業有限公司
ISBN：978-957-743-089-2